FISCHER

SparkofPhoenix ist einer der erfolgreichsten deutschen Minecrafter und begeistert auf seinen Online-Plattformen Millionen von Zuschauern. Er beschäftigt sich intensiv mit Minecraft-Tutorials, interessanten Fakten, Mods, Mega-Builds und den coolsten Tipps und Tricks. Bei seinen Fans gilt er als wandelnde Minecraft-Enzyklopädie. Sein erstes Buch »200 Dinge in Minecraft, die du noch nicht wusstest« war bereits ein voller Erfolg und stand wochenlang auf der Spiegel-Bestsellerliste.

Alles rund um Minecraft von SparkofPhoenix gibt es auf seinem gleichnamigen YouTube-Kanal.

Weitere Informationen zum Kinder- und Jugendbuchprogramm der S. Fischer Verlage finden Sie unter
www.fischerverlage.de

SparkofPhoenix

SPARK

UND DAS GEHEIMNIS DER PILLAGER

Mit Illustrationen von
Stefani Kampmann und Timo Müller-Wegner

FISCHER

Aus Verantwortung für die Umwelt hat sich der Fischer Kinder- und Jugendbuch Verlag zu einer nachhaltigen Buchproduktion verpflichtet. Der bewusste Umgang mit unseren Ressourcen, der Schutz unseres Klimas und der Natur gehören zu unseren obersten Unternehmenszielen.

Gemeinsam mit unseren Partnern und Lieferanten setzen wir uns für eine klimaneutrale Buchproduktion ein, die den Erwerb von Klimazertifikaten zur Kompensation des CO_2-Ausstoßes einschließt.

Weitere Informationen finden Sie unter:
www.klimaneutralerverlag.de

FSC www.fsc.org MIX Papier aus verantwortungsvollen Quellen FSC® C083411

Erschienen bei FISCHER New Media
Frankfurt am Main, November 2020

Cover- und Innenillustrationen:
Stefani Kampmann und Timo Müller-Wegner
U4-Vignette: Artwork Eskobar
Redaktion: Emilia Sparkling
Lektorat: Franziska Jaekel
Umschlaggestaltung: Christina Hucke,
Buchgestaltung, Grafik- und Webdesign
Umschlagabbildung: Timo Müller-Wegner
Satz: Dörlemann Satz, Lemförde
Druck und Bindung: CPI books GmbH, Leck
Printed in Germany
ISBN 978-3-7335-5008-0

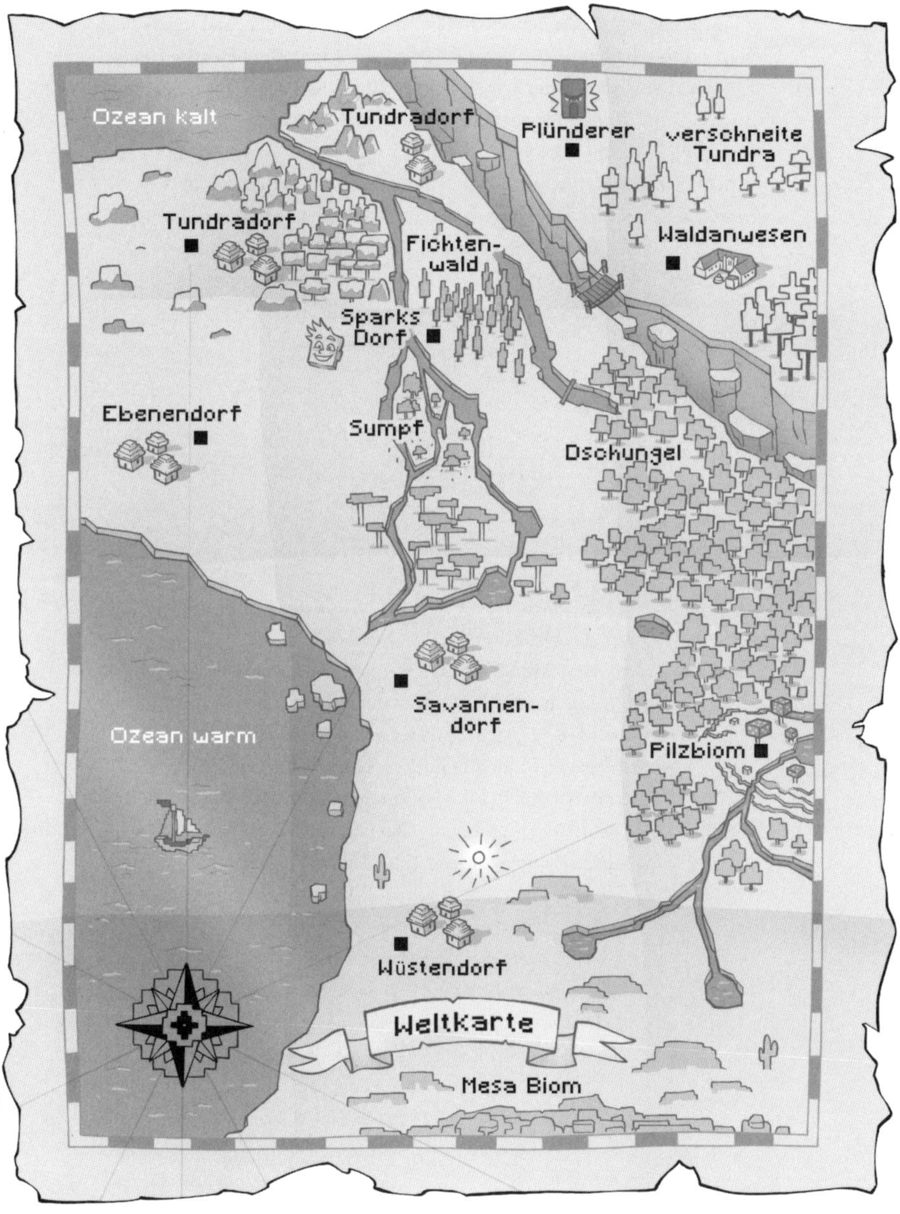

Ozean kalt
Tundradorf
Plünderer
verschneite Tundra
Tundradorf
Fichtenwald
Waldanwesen
Sparks Dorf
Ebenendorf
Sumpf
Dschungel
Savannendorf
Ozean warm
Pilzbiom
Wüstendorf
Weltkarte
Mesa Biom

Angriff

Spark erwacht mit einem Schreck. Sein Herz schlägt schnell, kalter Schweiß lässt seine blonden Haare auf der Stirn kleben. Er hat etwas Furchtbares geträumt, aber er kann sich nicht mehr erinnern, was es war.

Laute Stimmen und aufgeregte Rufe dringen durch das Fenster neben seinem Bett. Draußen scheint ein Tumult zu herrschen. Spark reibt sich die verschlafenen Augen und hält blinzelnd eine Hand vor die aufgehende Sonne, die grell in sein Gesicht strahlt. Ein Blick auf die Uhr an der Wand verrät ihm, dass es noch sehr früh ist.

Der Tumult vor seinem Fenster wird immer lauter, und er schlägt die Bettdecke zur Seite, um nachzusehen, was auf der von Fichten gesäumten Straße vor seinem Haus los ist.

Die Dorfbewohner rennen erschrocken durcheinander und rufen sich unverständliche Worte zu, wobei sie aufgeregt mit den Armen wedeln. Der Gesichtsausdruck, den Spark von seinem Fenster aus bei vielen erkennen kann, lässt ihn schaudern. Irgendetwas muss passiert sein.

Besorgt eilt er zur Kommode und schlüpft hastig in eine dunkle Stoffhose und die blauen Lederschuhe, von denen er sich einfach nicht trennen kann, obwohl sie eigentlich schon völlig ausgelatscht sind. Er ist gerade dabei, den zweiten Schuh zu binden, als er das helle Läuten der großen Dorfglocke hört. Spark erstarrt. Die Glocke steht fast vergessen in der Nähe des Osttores, weil sie nur bei Angriffen geläutet wird – und der letzte Angriff ist bereits so lange her, dass er sich kaum daran erinnern kann.

Die meisten Kreaturen, die in den nahe gelegenen Wäldern und Höhlen leben, verirren sich höchstens nachts an die Dorfmauern, und dann werden die Eisengolems, die Beschützer des Dorfes, ganz gut allein mit ihnen fertig. Außerdem beginnt gerade ein sonniger Tag mit wenigen Wolken, so dass die meisten Geschöpfe es gar nicht bis an die Mauern schaffen würden. Ihre Haut ist durch das Leben in der Dunkelheit so empfindlich, dass sie die Sonne meiden.

Auf das Schlimmste gefasst, eilt Spark durch den Flur und die Treppe hinunter. Im Vorbeigehen greift er nach seiner

Armbrust, dann öffnet er die Tür und schaut sich vorsichtig um, falls die Gefahr bereits in der Dorfmitte lauert. Zum Glück sieht alles unbeschädigt aus.

Er zieht die dunkle Holztür hinter sich zu und rennt die steinernen Stufen hinab. Mehrere Wege vor seinem Haus führen auf einem kleinen Platz zusammen, der den Mittelpunkt des Dorfes bildet. Spark stolpert von der letzten Treppenstufe auf den befestigten Weg und muss zwei Bauern ausweichen, die mit gehetztem Gesichtsausdruck die Straße entlangeilen. Ihre Strohhüte sind schief ins Gesicht gerutscht, Schweißperlen glitzern auf ihrer Stirn, und ihre weißen Oberteile haben grüne und braune Flecken. Die Dorfbewohner sind zwar in der Lage, einfache Rüstungen und Waffen herzustellen und zu nutzen, aber es liegt in ihrer Natur, zunächst die Flucht zu ergreifen und sich in Sicherheit zu bringen.

»Was ist denn passiert?«, ruft Spark den zwei Bauern nach.

Unsicher bleiben sie stehen und drehen sich zu ihm um. Jetzt erkennt Spark die beiden auch. Das sind Oktavius und Tilda, die nicht weit von ihm entfernt wohnen.

»Wir wissen es auch nicht genau«, sagt Oktavius. »Wir wollten gerade mit der Feldarbeit am Osttor beginnen, als plötzlich Pfeile über die Mauer flogen. Zum Glück wurde niemand verletzt.«

»Wie hätten wir auch ahnen können, dass … also ich meine … wer hätte damit gerechnet …«, stottert Tilda aufgeregt und schiebt sich den Strohhut aus dem Gesicht. Sie wirft Oktavius einen hilfesuchenden Blick zu.

»Plünderer greifen uns an, Spark. Plünderer!«, sagt Oktavius mit Nachdruck, als müsste er sich selbst davon überzeugen, denn bisher hatte niemand im Dorf einen Plünderer mit eigenen Augen gesehen. »Ich habe ihr Hornsignal gehört, das mich sofort an die gruseligen Geschichten von früher erinnert hat. Es müssen Plünderer sein!«

Weitere Dorfbewohner laufen an ihnen vorbei. Spark sieht Angst und Entsetzen in ihren Gesichtern. Alle haben die Augen weit aufgerissen, die Panik verbreitet sich wie eine unsichtbare Wolke im ganzen Dorf.

So fühlt es sich also an, wenn Gruselgeschichten plötzlich Wirklichkeit werden, denkt Spark. Er reißt sich vom bizarren Anblick der aufgeregten Dorfbewohner los und macht sich mit einer dankenden Geste und wachsender Sorge auf den Weg zum Osttor.

»Du willst doch nicht etwa den Plünderern in die Arme laufen?«, ruft Oktavius ihm nach.

Aber Spark lässt sich nicht aufhalten. »Ich pass schon auf mich auf!«, ruft er zurück und hastet weiter, während sich in seinem Kopf die Gedanken überschlagen.

Normalerweise wird jedes der vier Tore im Dorf von einem Eisengolem bewacht, eine Tradition, die für Sicherheit sorgt, auch bei Nacht. Das Nordtor liegt unmittelbar am großen Fischteich. Dort hält Golem Vegra Wache. Durch die beiden Hauptstraßen, die sich in der Mitte des Dorfes kreuzen, sind Nord- und Südtor sowie West- und Osttor miteinander verbunden. Die Kirche liegt nicht weit vom Westtor entfernt, wo Golem Kalur abgestellt ist. Dort befindet sich auch die große Pferdekoppel, die von hohen

Fichten umgeben ist. Kalurs Bruder Dokul ist für das Südtor zuständig, das von bunten Feldern mit Gemüse und Weizen umgeben ist. Ähnlich sieht es auch am Osttor aus, wo Golem Zogrit aufpasst. Die Golems gehören als fester Bestandteil zum Dorf und würden es nie verlassen. Sie sind stark und furchtlos. Spark hat noch nie erlebt, dass es ein Feind geschafft hat, einen Golem zu überwältigen. Er kennt nur die Geschichten aus längst vergangenen Zeiten, als böse Geschöpfe der Nacht noch häufig versucht haben, in das Dorf einzudringen. Doch weder Spinnen noch langsame Zombies oder klappernde Skelette konnten die Schutzmauer überwinden, denn Golems wehren mit Leichtigkeit auch mehrere Angreifer gleichzeitig ab. Vielleicht sieht das bei den Plünderern anders aus?

Schon von weitem sieht Spark die goldene Glocke, die immer noch von einem Bauern geläutet wird. Als er näher kommt, erkennt er Titus. Rechts und links von ihm kauern drei weitere Dorfbewohner an der Mauer – Bognut, Karl und Arthur, deren Hütten ganz in der Nähe liegen. Sie scheinen heillos mit der Situation überfordert zu sein. Der Boden ist mit Pfeilen übersät, die wie seltsame Pflanzen aus der Erde ragen.

»Werden wir wirklich von Plünderern angegriffen?«, fragt Spark, während er hinter der Glocke in Deckung geht. Titus' Hände zittern aufgeregt, unter dem Strohhut laufen Schweißperlen über seine Stirn.

»Ich … ich hatte gerade mit der Feldarbeit begonnen, als ich dieses Geräusch hörte. Ein schrecklicher Ton. So ein tiefes Dröhnen, bei dem sich die Nackenhaare aufstellen.

Das Horn der Plünderer, das wusste ich sofort.« Titus atmet tief durch, um sich etwas zu beruhigen, was ihm aber nicht gelingt. »Ich habe gar nicht lange nachgedacht und bin zur Glocke gerannt, um alle zu warnen. Wenn ich an die Geschichten der Händler denke …«

Auch Spark hat schon schlimme Geschichten von Plünderern gehört. Doch bis jetzt sind sie nie in der Nähe ihres Dorfes aufgetaucht.

»Was ist mit Zogrit?«, will er von Titus wissen.

»Er steht kampfbereit am Tor. Aber die Angreifer halten sich noch am Waldrand versteckt.«

In diesem Moment kommt ein weiterer Pfeilhagel über die Mauer geschossen. Instinktiv ziehen alle die Köpfe ein, obwohl sie im Schutz der Mauer hocken.

Spark überlegt fieberhaft. Sie brauchen Verstärkung, so viel steht fest. Am besten an jedem Tor, falls die Plünderer von allen Seiten angreifen.

»Okay, hört genau zu«, wendet er sich schließlich an die anderen. »Lauft zur Dorfmitte und sagt allen Bescheid, dass sich die waffenfähigen Dorfbewohner ausgerüstet auf alle Tore verteilen sollen, nur für alle Fälle. Dann kommt ihr wieder zurück und bringt so viele Waffen mit, wie ihr tragen könnt. Schickt die Frauen und Kinder in die Kirche, sie sollen sich dort verstecken. Wir wissen nicht, worauf es die Plünderer abgesehen haben und wie viele es sind. Wir dürfen auf keinen Fall zulassen, dass sie in unser Dorf eindringen. Habt ihr verstanden?« Sparks Stimme überschlägt sich fast, dabei ist er sonst die Ruhe in Person. Deshalb vertrauen ihm die Dorfbewohner und hören gern auf seinen

Rat. Doch die Panik im Dorf geht auch an ihm nicht spurlos vorbei. Aber wenn er sich nicht zusammenreißt und ausgerechnet jetzt seine Angst zeigt, bricht nur noch mehr Chaos aus. Und nur panisch durch die Straßen zu rennen, hilft niemandem. Wenn die Plünderer es schaffen, die Mauer zu überwinden, ist das Dorf verloren. Er muss einen kühlen Kopf bewahren, um seine Heimat zu retten.

***

Alle scheinen froh zu sein, dass Spark die Kontrolle übernimmt, und machen sich sofort auf den Weg. Nur Titus bleibt wie angewurzelt vor der Glocke stehen. Er hat das Seil so fest in der Hand, dass die Fingerknöchel weiß hervortreten. Wenisgtens hat er aufgehört, wie verrückt zu läuten.

»Bleib in Deckung, ich schau mir das mal näher an«, sagt Spark. Bevor Titus etwas erwidern kann, läuft er geduckt zur Schutzmauer, die das Dorf umgibt, und stellt sich auf einen großen Stein, um hinübersehen zu können. Die Angreifer treten gerade zwischen den Bäumen hervor. Es sind tatsächlich Plünderer. Sie sind zu sechst und halten ihre Armbrüste schussbereit. Der Anführer der Gruppe trägt ein großes Banner auf dem Kopf, dessen hellgrauer Stoff von einem dunklen Rahmen eingefasst ist. Die Kleidung der Angreifer ist braun und dunkelgrün. Auf der Lichtung vor der Mauer sind sie gut zu erkennen, zwischen den Bäumen am Waldrand waren sie jedoch bestens getarnt. Zielstrebig und mit zügigen Schritten laufen sie geradewegs auf das Dorf zu.

Spark zieht sich zur Glocke zurück. »Sechs Plünderer. Und sie haben ein ganz schönes Tempo drauf. Uns bleibt nicht mehr viel Zeit«, sagt er besorgt zu Titus. »Hoffentlich kommen die anderen schnell zurück.«

»Ja, da hinten sehe ich sie schon«, erwidert Titus aufgeregt und zeigt auf Bognut, Karl und Arthur, die mit rasselnden Kettenhemden und wackelnden Helmen die Hauptstraße entlangeilen. Jeder trägt so viele Waffen bei sich, wie er tragen kann – Armbrüste, Pfeile, Schwerter und Schilde.

Um sich vor weiteren Pfeilen der Plünderer zu schützen, biegen die drei auf einen kleinen Trampelpfad ab, der direkt zur Glocke führt. Sie stoßen schnell zu Spark und Titus und laden ihre Ausbeute ab.

»Gerade rechtzeitig«, sagt Titus, während Spark die Ausrüstungsgegenstände überfliegt.

»Der Waffenschmied hat ganze Arbeit geleistet«, sagt Pfeilmacher Bognut. Seinen sonst so geliebten Lederhut mit Federn hat er gegen einen einfachen Helm eingetauscht. »Er hat uns gleich mehrere Waffen und Schilde mitgegeben.«

»Ausgezeichnet!« Spark spürt, wie die Angst ein bisschen von ihm abfällt. Mit ihm stehen dreizehn kampffähige Männer im Dorf bereit. An den anderen Toren sollten sich jeweils drei Dorfbewohner postiert haben, Spark und seine Mitstreiter würden zu fünft am Osttor kämpfen.

»Wenn wir Zogrit mitzählen, sind wir zahlenmäßig mit den Angreifern gleichauf. Damit stehen unsere Chancen gut, das Tor verteidigen zu können – trotz teilweise fehlender Rüstungen«, sagt Spark zuversichtlich. »Wir sollten uns aufteilen. Zwei von uns schützen die anderen mit den

Schilden. Der Rest geht dahinter in Deckung und schießt mit den Armbrüsten auf die Plünderer. Im besten Fall geben sie auf und drehen wieder um. Falls nicht, sollten wir zumindest einige außer Gefecht setzen, bevor sie überhaupt am Tor ankommen. Danach können Zogrit und diejenigen mit Rüstung in den Nahkampf übergehen. Zielt zur Not auf ihre Arme, damit sie ihre Waffen nicht mehr benutzen können. Wir müssen uns jeden möglichen Vorteil verschaffen, sonst überrennen sie uns. Karl, Arthur – ihr nehmt die Schilde!«

Steinmetz Karl und Grobschmied Arthur nicken.

»Also gut, Männer, dann schnell zum Tor, bevor die Plünderer dort sind!«

***

Die Plünderer sind noch nicht am Tor angekommen, als Spark und seine Kameraden eintreffen. Sie sind aber gefährlich nah, so dass Karl und Arthur mit den Schilden vorangehen. Geduckt laufen Spark, Titus und Bognut hinter ihnen her und schießen auf die Plünderer, die nun ebenfalls die Dorfbewohner ins Visier nehmen. Mit grimmiger Miene schicken sie einen Pfeil nach dem anderen los. Ihre dicken dunklen Augenbrauen sind zornig zusammengezogen, ihre Augen leuchten in einem kalten Grün.

Wie es sich für einen Eisengolem gehört, scheint Zogrit nicht sehr beeindruckt von den Angreifern zu sein. Vom Tor aus läuft er ihnen einfach entgegen, ohne dass die Pfeile ihm etwas anhaben können.

Spark und die anderen Männer versuchen währenddessen, die heraneilenden Plünderer zu treffen. Spark verfehlt zunächst sein Ziel. Er legt erneut an, atmet tief durch und stellt sich vor, auf Übungsstatuen zu schießen. Diesmal trifft er einen Plünderer am Bein. Der Angreifer schreit auf, läuft aber trotzdem weiter, ohne sich den Pfeil aus dem Bein zu ziehen. Er kommt zwar nur noch humpelnd voran, scheint sich davon aber nicht aufhalten zu lassen.

Verdammt!, flucht Spark innerlich. Selbst ein weiterer Treffer macht dem Plünderer nicht viel aus. Spark merkt, wie das auch seine Mitstreiter verunsichert.

»Weiter so, wir schaffen das!«, macht er ihnen Mut. »Der Erste ist bereits verwundet!«

Titus und Bognut zielen noch einmal mit ruhigerer Hand. Zwei weitere Plünderer werden getroffen, einer davon am Arm, so dass er Probleme hat, seine Armbrust festzuhalten. Karl und Arthur leisten unterdessen gute Arbeit und können die gegnerischen Pfeile mit den Schilden abhalten. Es stecken schon einige im Holz. Manche haben es durch die Wucht beim Aufprall sogar geschafft, mit der Spitze das Holz zu durchbrechen. Trotzdem gelingt es den beiden mit zusammengebissenen Zähnen, die Schilde hochzuhalten.

»Wir lassen sie nicht ins Dorf!«, ruft Arthur kämpferisch und verstärkt seinen Griff.

Die Plünderer achten nicht auf ihre Verletzungen an Armen und Beinen und greifen weiter an. Zogrit hat sie mittlerweile erreicht und versucht sie zu packen, um sie in die Luft zu schleudern. Geschickt weichen sie ihm aus. Sie rufen sich Dinge in einer fremden Sprache zu, und während zwei der hinteren Plünderer weiterhin auf Spark und die anderen schießen, ändern die vier vorderen plötzlich ihre Strategie. Sie stürzen sich gleichzeitig auf Zogrit und bringen ihn zu Fall. Mit einem dumpfen Aufschlag fällt der Golem ins feuchte Gras und kann sich mit gleich vier Angreifern auf seiner Brust nicht mehr hochstemmen.

Spark und die anderen werfen sich entsetzte Blicke zu. So etwas haben sie noch nie gesehen. Die Plünderer handeln überlegt und als Gruppe, deshalb sind sie so gefährlich. Anscheinend ist es ihre Taktik, die Dorfbewohner mit Pfeilen fernzuhalten, um sich währenddessen den Golem zu schnappen. Wegen des anhaltenden Pfeilhagels ist es so gut wie unmöglich, nahe genug an Zogrit heranzukommen, um ihn zu befreien. Und offenbar schaffen sie es auch nicht, die Plünderer mit ihren kläglichen Treffern zu erledigen.

Aber Spark will nicht aufgeben. Er legt den nächsten Pfeil an und schießt wütend auf einen der Plünderer, der den Golem am Boden hält. Der Pfeil streift die Schulter des Plünderers, der nun seinen Griff um den Arm des Golems verstärkt. Zu zweit versuchen sie dann, Zogrit an den Armen vom Dorf wegzuziehen. Die anderen beiden stehen auf und schießen weiter mit ihren Armbrüsten auf die Verteidiger des Dorfes, ohne sich jedoch zu nähern. Haben sie es etwa nur auf Zogrit abgesehen? Verbissen schießen Spark, Titus und Bognut auf ihre Feinde, bis keine Pfeile mehr übrig sind.

Niedergeschlagen von der Erkenntnis, Zogrit nicht helfen zu können, ziehen sich die fünf hinter die Steinmauer am Tor zurück. Zogrit brüllt und versucht sich irgendwie zu wehren, aber gegen den festen Griff von zwei Gegnern gleichzeitig hat er keine Chance. Spark und seine Freunde können nur noch dabei zusehen, wie er von den Plünderern in Richtung Wald gezerrt wird.

Suche

Die Stille ist erdrückend. Für Spark fühlt es sich an, als wäre er unter Wasser. Mit ausdruckslosen Blicken starren die Dorfbewohner ins Leere. Das Erste, was Spark wieder hört, ist das leise Rascheln der Fichtennadeln im Wind. Er schluckt, doch es bleibt ein bitterer Geschmack zurück. Mit einer Hand an der Mauer abgestützt richtet er sich auf und schaut durch das Tor. Wo der Golem mitgeschleift wurde, hat das feuchte, saftig grüne Gras nun tiefe Furchen. Überall stecken Pfeile im Boden und erinnern an den verlorenen Kampf.

»Sie sind weg«, sagt er erschöpft zu den anderen, die langsam aus ihrer Starre erwachen.

»Das ist nicht deine Schuld. Wir haben alles gegeben, was wir konnten«, sagt Titus.

»Wir sollten nachsehen, wie es an den anderen Toren aussieht. Hoffentlich bleibt Zogrit der einzige Verlust heute.« Spark seufzt. »Ich denke es ist sinnvoll, wenn du erst mal hierbleibst, Titus. Immerhin ist das Tor jetzt unbewacht. Wenn sich etwas Ungewöhnliches ereignet, läutest du wieder die Glocke.«

Titus nickt.

»Gute Idee!«, meint auch Karl. »Titus hält hier ein Auge offen und wir schauen uns um.«

Das Dorf mit seinen dreißig Bewohnern ist nicht besonders groß, und die dunklen Holzhütten der Dorfbewohner stehen angenehm weit auseinander, so dass jeder einen schönen Garten hat. Hinter den Fenstern leuchten verschiedene Blumen, die von Fensterläden mit Holzschnitzereien eingerahmt werden. Alles wirkt unversehrt, Sparks Stimmung hebt sich aber trotzdem nicht. Schweigsam und in Gedanken versunken läuft er neben den anderen her. Die Schuldgefühle lassen ihn einfach nicht los. Vielleicht wäre alles anders ausgegangen, wenn er andere Entscheidungen getroffen hätte. Vielleicht hätte er doch mehr Verstärkung am Osttor gebraucht. Fest entschlossen, die Entführung des Golems nicht zu akzeptieren, geht er mit Bognut, Karl und Arthur weiter in Richtung Dorfmitte.

Erst an der Kreuzung der beiden Hauptstraßen begegnen ihnen die ersten Dorfbewohner, die immer noch völlig durcheinander wirken.

»Hey, kann uns jemand schnell auf den neuesten Stand bringen?«, ruft Spark zwei vorbeieilenden Bewohnern zu. Außer Atem bleiben sie stehen.

»Wir kommen gerade vom Nordtor«, erklärt Dorus, der Fleischer des Dorfes. »Dort sind auch Plünderer aufgetaucht. Sie haben mit Pfeilen auf das Dorf geschossen, sind aber nicht besonders nah gekommen. Nach kurzer Zeit haben sie sich wieder zurückgezogen.«

»An den anderen Toren gab es keine Angriffe, soweit wir es mitbekommen haben«, fügt Gerber Olaf hinzu. »Aber ihr seht ziemlich mitgenommen aus. Ist bei euch alles in Ordnung?«

»Keine Sorge, wir haben nur Kratzer abbekommen«, erwidert Spark, »aber das Osttor hat es schlimm erwischt. Wir konnten die Plünderer nicht davon abhalten, Zogrit zu überwältigen. Sie haben ihn vor unseren Augen verschleppt.«

Mit offenem Mund starren Dorus und Olaf die anderen an.

»Verschleppt?«, stoßen beide gleichzeitig hervor.

»Aber ... aber das macht doch überhaupt keinen Sinn!«, ergänzt Olaf ungläubig.

»Wir haben alles gegeben, aber wir konnten nichts gegen die Plünderer ausrichten«, erzählt Arthur. »Sie haben sich auf Zogrit geworfen und ihn überwältigt. Wer weiß, was sie mit ihm vorhaben.«

Spark runzelt die Stirn, so dass seine Augenbrauen fast unter seinen blonden Haaren verschwinden. »Ich habe auch noch nie gehört, dass ein Eisengolem verschleppt wurde. Um ihn loszuwerden, hätten sie ihn einfach töten können. Sie müssen irgendeinen Plan haben. Aber egal, was die Plünderer aushecken, ich werde nicht zulassen, dass sie Zogrit dafür benutzen. Ich werde ihn befreien!«, verkündet er mit fester Stimme. »Die Spuren im Gras sind noch frisch. Wenn ich ihnen folge, finde ich bestimmt heraus, wo die Plünderer ihn hingebracht haben.«

»Das willst du wirklich machen?«, fragt Karl. »Du bist doch auch nicht für den Kampf ausgebildet, genau wie wir.«

Auch die anderen schauen ihn ungläubig an.

Spark stemmt die Hände in die Hüfte. »Ja, wir sind einfache Leute, und heute wurden wir überfallen und besiegt, weil wir nicht auf einen Angriff vorbereitet waren. Aber Zogrit ist unser Freund. Er bewacht schon seit Jahren tapfer unser Dorf, und ich werde ihn ganz bestimmt nicht im Stich lassen. Mit dieser Entführung dürfen die Plünderer nicht einfach so davonkommen!«

Die anderen nicken zustimmend.

»Ich weiß, dass ihr das Dorf nicht verlassen wollt. Das kann ich gut verstehen. Aber nach diesem Angriff ist es wichtiger denn je, für Sicherheit und Schutz zu sorgen. Am besten wäre es, wenn ihr das Tor mit Steinen verschließt. Selbst wenn jemand am Osttor Wache hält und einen weiteren Angriff mit der Glocke ankündigt, ist das Dorf ohne Zogrit in großer Gefahr.«

»Du hast recht«, meint Karl. »Wir kümmern uns darum. Zuerst sollten wir aber die Frauen und Kinder aus der Kirche holen und ihnen mitteilen, dass der Angriff vorüber ist. Sie sind bestimmt schon ganz krank vor Sorge.«

»Gut, dann bereite ich mich auf meine Mission vor«, sagt Spark.

»Viel Glück!«, wünschen ihm alle im Chor.

Während Karl sich mit ein paar anderen in Richtung Kirche wendet, hebt Spark kurz die Hand zum Abschied und macht sich auf den Weg zu seinem Haus. Ihm schwirren unzählige Fragen durch den Kopf. Wohin haben die Plünderer den Golem gebracht? Geht es ihm gut? Was haben sie mit ihm vor? Und wie soll er ihn befreien, falls er ihn überhaupt findet? Vor den anderen wollte er keine Schwäche zeigen, aber insgeheim ist er sich nicht sicher, ob er sich sein Vorhaben auch gut überlegt hat. Rasch schüttelt er den Gedanken ab. Es geht um Zogrit! Außerdem ist das die Gelegenheit, einmal aus dem Dorf herauszukommen. Es ist nicht üblich, viel herumzureisen. Jedes Dorf ist eine kleine Welt für sich, in der es den Bewohnern an nichts fehlt. Doch in letzter Zeit hat es Spark immer wieder in den Fingern gejuckt, die Gegenden außerhalb des Dorfes zu erkunden. Er hat so viele Bücher gelesen, jetzt möchte er die Abenteuer erleben, bei denen er immer mitgefiebert hat, die Dinge mit eigenen Augen sehen, die er bisher nur auf Buchseiten betrachten konnte. Er kennt sogar einige der großen Karten auswendig, die Kartograph Asterius über die Jahre zusammengetragen hat. Spark ist an den Wald mit den großen Fichten und ihrem harzigen Geruch gewöhnt, aber es gibt so viele unterschiedliche Landschaften. Wie aufregend wäre es, die großen Ebenen zu besuchen, die Tiefen des Dschungels zu durchqueren oder die Vielfalt des Ozeans zu erkunden? Außerdem reizt es ihn, herauszufinden, was hinter den großen Schneegebirgen liegt, die auch nur zum Teil erforscht sind. Und erst die Tiere und Pflanzen, die verschiedenen Dörfer, die sich perfekt an ihre Umgebung angepasst haben, ihre Kulturen … Erschrocken hält Spark inne. Er hat keine Zeit für so etwas. Er muss Zogrit retten!

***

Spark beeilt sich, denn er fürchtet, dass die Schleifspuren in der Zwischenzeit verblassen könnten. Aber was soll er auf seine Reise mitnehmen? Er weiß schließlich nicht, wohin die Plünderer Zogrit verschleppt haben oder was ihn auf dem Weg erwarten wird. Andererseits fragt er sich, ob die Plünderer vielleicht ganz in der Nähe ein Versteck haben. Oder würden sie extra einen weiten Weg auf sich nehmen, nur um einen Golem zu stehlen? Dann dürften sie mit ihrem Gefangenen aber bestimmt noch nicht sehr weit gekommen sein. Also bereitet sich Spark auf einen Tagesausflug vor. Er steckt eine Wasserflasche, etwas Nahrung und eine Fackel in seinen Rucksack. Dann macht er sich auf den Weg zum Stall des Dorfes, der am Westtor liegt. Als er an der uralten Kirche vorbeikommt, die aus vielen verschiedenen Gesteinen besteht und mit dunklem Fichtenholz gedeckt ist, hält er kurz an. Die Kirche mit dem kleinen Glockenturm symbolisiert das Herz des Dorfes. Hier gehen die Kinder vormittags zur Schule und werden von Margret, der Bibliothekarin, unterrichtet, hier finden Versammlungen und Feste statt. Außerdem ist sie so weit von der Mauer entfernt, dass sie bei Angriffen den besten Schutz bietet.

Auch jetzt stehen noch viele Dorfbewohner vor der großen, prächtigen Tür und unterhalten sich aufgeregt. Einige Kinder weinen und reiben sich die Augen, andere wollen tapfer sein und halten sich gegenseitig an den Händen, um sich Trost zu spenden. Besonders für sie muss der Überfall der Plünderer ein großer Schreck gewesen sein.

Spark winkt und lächelt ihnen aufmunternd zu. Sie winken zurück, und die Dorfbewohner rufen: »Viel Glück!« Anscheinend hat sich sein Vorhaben bereits herumgesprochen.

Kurz darauf empfängt ihn der kleine Stall mit seinem angenehmen Geruch nach Heu und Leder. Manchmal, wenn

er bei Margret mal wieder ein neues Buch ergattert hat, lässt er sich einfach in das Heu fallen und liest so lange, bis das Licht des Tages verschwunden ist.

Das dunkle Holz des Gebäudes schimmert in der morgendlichen Sonne, und ein paar Tautropfen glänzen am Rand des Satteldaches. Eines der Pferde streckt neugierig den Kopf heraus, die schwarze Mähne weht im frischen Wind.

Die Pferde sind für alle Dorfbewohner da und können bei Bedarf genutzt werden. Spark begrüßt den Rappen mit einer

Möhre, die er im Vorbeigehen aus einem Korb genommen hat. Für sein Lieblingspferd Zora, eine junge Fuchsstute, hat er einen Apfel mitgenommen. Sie schaut jetzt auch aus dem Stallfenster und bläht aufgeregt die Nüstern.

»Schau mal, was ich hier Leckeres für dich habe«, sagt Spark und hält ihr den Apfel hin. Wenn ich doch nur aus einem anderen Grund hier wäre, denkt er, während Zora genüsslich den Apfel mampft und dabei mit ihrer roten Mähne wedelt.

Sparks Blick fällt kurz auf die Schimmelstute, die etwas weiter hinten im Stall entspannt mit ihrem schwarz gepunkteten Fohlen liegt, dann öffnet er die Stalltür und führt Zora zu der Kiste, in der die Reitausrüstung aufbewahrt wird. Geduldig und erwartungsvoll lässt Zora sich satteln. Fertig ausgestattet geht Spark mit ihr noch einmal an dem Korb vorbei und steckt einige Karotten und Äpfel für unterwegs in seinen Rucksack. Dann führt er sie nach draußen, steigt auf und reitet zum Osttor, wo Titus ihn schon erwartet.

»Bognut war kurz hier und hat mir erzählt, was du vorhast«, sagt Titus und hält ihm seine Armbrust und einen Köcher mit Pfeilen hin. »Das darfst du nicht vergessen!« Spark hatte die Armbrust am Tor aus Frustration liegen gelassen, da sie ohne Pfeile nutzlos war.

»Ich danke dir, Titus, auch dafür, dass du hier die Stellung hältst.«

»Das ist doch Ehrensache. Karl trommelt übrigens schon alle möglichen Helfer zusammen, um das Tor bis heute Abend mit Steinen zu verschließen. Wir passen gut auf das Dorf auf, darauf kannst du dich verlassen.«

Spark nickt Titus zum Abschied zu, dann reitet er zum Tor hinaus.

***

Die Lichtung am Osttor ist von hohen Fichten umgeben. Es gibt keinen befestigten Weg, da weiter östlich keine anderen Dörfer liegen. Die Nachbardörfer befinden sich entweder im Norden, wo Schnee und Eis die Landschaft bedecken, oder weiter südlich am Ozean entlang, in der Savanne und in der Wüste. Auch in der Flachebene im Westen gibt es noch ein Dorf. Einmal ist er mit Zora so lange durch den Fichtenwald in Richtung Westen geritten, bis die Bäume von Blumenwiesen abgelöst wurden. In östlicher Richtung hat er dagegen bisher wenig erkundet. Doch genau dorthin führen die Schleifspuren, die immer noch deutlich im Gras zu erkennen sind. Spark folgt ihnen im lockeren Trab. Er lässt Zora das Tempo bestimmen, denn er weiß, dass sie sich besonders morgens erst einmal warm laufen muss, und er möchte ihre Kräfte sparen.

Als sie den Waldrand erreichen, wird die Stute langsamer. Als wüsste sie genau, dass er den Plünderern folgen will, schaut sie hin und her, um den besten Weg zu finden, ohne die Spuren aus den Augen zu verlieren. Im Gegensatz zu den auffälligen Furchen im feuchten Gras finden sie im Wald vor allem umgeknickte Äste und aufgewühlte Erde. Die Bäume stehen zum Glück nicht allzu dicht, so dass Spark gut zwischen ihnen hindurchreiten kann.

Von den Plünderern ist weit und breit nichts zu sehen

oder zu hören. Spark schaut sich immer wieder aufmerksam in alle Richtungen um, hält ab und zu an, um besser lauschen zu können, aber die Plünderer scheinen mittlerweile einen guten Vorsprung zu haben. Also reitet er einige Zeit den Spuren im Wald nach und hat nur das Rauschen der Fichten im Ohr, die sich weit in den Himmel strecken.

Doch plötzlich vernimmt er ein weiteres Geräusch: das Plätschern eines Flusses. Kurz darauf sieht er das Glitzern der Wasseroberfläche durch die Bäume. Als sie den Fluss erreichen, steigt er von Zora ab und lässt sie am Ufer trinken, während er sich umschaut. Am Flussbett wachsen viele kleine Blumen. Er sieht sogar ein paar bunte Tulpen und lilafarbenen Flieder. Ein Stück flussaufwärts beobachtet er ein paar Schafe, die sich mit ihren Jungen ebenfalls erfrischen. Hin und wieder hüpft ein kleiner Fisch aus dem Wasser und schnappt nach Samen oder kleinen Tierchen, die sich am Rand des Flusses sammeln.

Die Spuren an den Bäumen und am Boden, die ihn bis hierher geführt haben, sind nun wie ausradiert. Sie enden genau am Fluss. Spark geht ein paar Schritte und sieht sich noch genauer um. Nicht weit von der Stelle, an der Zora immer noch den Kopf ins Wasser hält, entdeckt er die Überreste einer Brücke. Die verbliebenen hölzernen Balken hängen schief unter einem Ufervorsprung wie auf einem Gemälde, das nicht zu Ende gemalt wurde. Wahrscheinlich haben die Plünderer sie überquert und danach zerstört. Der Fluss ist tief und die Strömung in der Mitte stark, daher kann Spark ihn mit Zora an dieser Stelle nicht überwinden. Er flucht innerlich. Haben die Plünderer etwa damit gerechnet, dass ihnen jemand folgt und deshalb vorsichtshalber die Brücke zerstört? Dann sind sie schlauer, als er gedacht hätte.

Er schirmt die Augen gegen die Sonne ab und sucht auf der anderen Flussseite nach verräterischen Spuren. Tatsächlich entdeckt er am gegenüberliegenden Ufer aufgewühltes Gras und Dreckklumpen. Ihm bleibt also nichts anderes übrig, als den Fluss nach einer Stelle abzusuchen, an der er ihn mit Zora überqueren kann. Die Stute kaut gerade an einem saftigen Büschel Gras, als Spark wieder aufsteigt. Er streichelt ihren warmen Hals und ermuntert sie, dem Flusslauf zu folgen.

***

Die Sonne steht bereits hoch am Himmel, als sich die Natur verändert. Die Bäume sehen anders aus und stehen enger zusammen. Das Unterholz wird dichter, die Blätter sind von sattem Grün, und an einigen Stellen hängen Rankengewächse von den Ästen herab. Spark ist froh, dass ihm am Flussufer noch genug Platz zum Reiten bleibt, denn offenbar befindet er sich am Rand eines Dschungels. Er nimmt Tierstimmen und Geräusche wahr, die er von zu Hause nicht kennt. Aber aus Büchern weiß er, dass in den Baumkronen viele verschiedene Papageien leben, deren Gesang er in der Ferne hören kann.

Zora schaut sich etwas aufgeregt um und lauscht aufmerksam. Spark kneift die Augen zusammen und versucht, etwas im dichten Dschungel zu erkennen. Die Sonnen-

strahlen durchdringen kaum noch das Blätterdach, nur am Fluss ist es deutlich heller als im angrenzenden Dschungel.

Eine plötzliche Bewegung zwischen den Zweigen zieht Sparks Aufmerksamkeit auf sich. Zunächst sieht er nur einen kleinen roten Fleck, dann erkennt er, dass es sich um einen Papagei handelt. Der Vogel ist ganz in der Nähe auf einem Ast gelandet. Sein rotes Gefieder glänzt in der Sonne und hebt sich deutlich vom dunklen Grün der Blätter ab. Seine Flügel sind in verschiedenen Gelb- und Blautönen gemustert.

Spark hat gelesen, dass Papageien sehr intelligent und neugierig sind. Andere Tiere finden sie spannend und sie fressen am liebsten Samen. Es gibt sie in verschiedenen Farben wie Grau oder Grün, aber Rot hat ihm immer schon am besten gefallen. Er darf sich nur nicht von seiner Mission ablenken lassen. Soll der Papagei ihnen folgen, wenn er will. Er muss endlich einen Weg über den Fluss finden, um der Spur der Plünderer weiter folgen zu können.

Tatsächlich fliegt ihnen der kleine Vogel von Ast zu Ast hinterher und beobachtet sie. Sparks Blick wandert immer wieder vom Flusslauf zu den Bäumen hinüber. So kommt er auch nicht schneller voran. Schließlich signalisiert er Zora, kurz anzuhalten. Zwischen den Gräsern am Ufer sammelt er ein paar Samen auf und wirft sie vorsichtig in Richtung des Papageis, der sich auf einem niedrigen Ast niedergelassen hat. Er zögert kurz, doch dann flattert er vorsichtig zu den Samen und pickt einige auf. Er schaut Spark kurz mit seinen schwarzen Knopfaugen an und fliegt dann in sicherer Höhe zurück auf einen Baum. Spark sammelt weitere Samen, hält

sie dem Papagei diesmal jedoch in der offenen Hand hin. Er versucht, seinen ausgestreckten Arm ruhig zu halten, doch er zittert ein bisschen vor Aufregung. Nach einem kurzen Moment kommt der Papagei tatsächlich angeflogen und landet mit seinen kleinen weichen Füßen auf seiner Hand.

Rasch schnappt sich der Vogel ein paar Samen und fliegt zurück auf den Ast. Spark könnte stundenlang so weitermachen, aber dafür fehlt ihm die Zeit. Er steigt wieder auf und hält dem Papagei die restlichen Samen hin. Prompt kommt er angeflogen, dreht aber noch einen kleinen Bogen und setzt sich auf Sparks Schulter. Unglaublich, dass der Vogel ihm so schnell vertraut! Spark hebt die Hand, damit der Papagei die Samen naschen kann, dann lässt er seine Stute antraben. Doch selbst als sich Zora in Bewegung setzt, bleibt der Vogel sitzen. Ein wunderbares Gefühl, trotz der

Umstände, die Spark hierher geführt haben. Jetzt kann er ohne Ablenkung weiterreiten und nach einer Stelle Ausschau halten, an der sich der Fluss überqueren lässt.

Schon nach kurzer Zeit entdeckt er einen umgestürzten Baumstamm, der quer über dem Flussbett liegt. Der Stamm ist so breit, dass sogar Zora darauf an das andere Ufer gelangen kann. Spark steigt ab und führt die Stute nah an den Stamm heran, während der Papagei aufgeregt um ihn herumflattert. Zora ist zwar zunächst nicht begeistert, wagt dann aber doch einen vorsichtigen Schritt. Mit ihren glatten Hufen hat sie keinen festen Halt auf dem unebenen Stamm und rutscht beim Hinaufklettern kurz ab. Geschickt fängt sie sich wieder und schafft es langsam voran. Spark geht rückwärts vor ihr her, um ein Auge auf sie zu haben. Dabei stolpert er fast selbst über einen abgebrochenen Ast, doch der Papagei warnt ihn mit einem Krächzen, so dass sie sicher am anderen Ufer ankommen.

Auf dieser Seite des Flusses lichtet sich der Dschungel, denn er grenzt an einen Eichenwald, durch den Spark nun flussaufwärts reitet, um zurück zu der zerstörten Brücke zu kommen.

***

Schnell sind sie an der Stelle angekommen, wo Spark die Überreste der Brücke entdeckt hat. Nun kann er wieder den Spuren folgen, die ihn immer tiefer in den Eichenwald hineinführen. Es ist nicht zu übersehen, wo sich die Plünderer mit Zogrit einen Weg durch das Unterholz gebahnt haben.

Ihr Vorsprung ist durch den Umweg, den Spark am Fluss in Kauf nehmen musste, natürlich noch größer geworden. Das ärgert ihn. Andererseits wäre er seinem kleinen schlauen Begleiter nicht begegnet, der ihm nicht mehr von der Seite weicht.

Spark schaut zu dem roten Vogel auf. »Ich nenne dich ab jetzt Kopernikus«, sagt er.

Der Papagei antwortet mit einem fröhlichen Krächzen, als hätte er jedes Wort verstanden.

Als sich nach einiger Zeit der Eichenwald etwas lichtet, ahnt Spark schon, dass sie auf ein weiteres Hindernis stoßen werden. Und tatsächlich – als sie aus dem Wald treten, liegt eine riesige Schlucht vor ihnen, die sich wie ein Riss quer durch das Land zieht. Und wie schon zuvor am Fluss sind nur noch die Überreste einer Brücke vorhanden.

»Das gibt es doch nicht!«, stößt Spark enttäuscht aus. Die Schlucht ist so breit, dass es unmöglich ist, sie ohne Brücke zu überqueren. Er reitet etwas näher an den Rand und steigt ab, doch bei einem Blick in die Tiefe kann er kaum den Grund erkennen. Es sieht fast so aus, als hätte jemand den Boden auseinandergerissen, denn aus den Wänden der Schlucht ragen Wurzeln und kleine Gewächse. Gras hängt über der Kante, als hätte es vergessen, dass sich dort keine Erde mehr befindet. Hier und da schimmern bunte Erze aus den Tiefen der Schlucht herauf. Die Wände sind an vielen Stellen eingerissen oder durchlöchert. Kleine Höhlen und Gänge beginnen dort. Spark bemerkt sogar Bewegungen von Monstern, die es sich in den dunklen Abgründen gemütlich gemacht haben.

Die Schlucht wird in Sichtweite auch nirgendwo schmaler, im Gegenteil. Soweit er erkennen kann, befindet er sich schon an der schmalsten Stelle. Sowohl in nördlicher als auch in südlicher Richtung verbreitert sich die Schlucht. Die Plünderer kannten diesen Weg offenbar genau und müssen auch diese Brücke absichtlich zerstört haben, überlegt Spark. Wohin wollen sie nur mit Zogrit?

Seufzend wirft er einen Blick in den Himmel. Der Tag neigt sich dem Ende entgegen – und wenn es dunkel wird, kommen die Monster aus ihren Verstecken. Hier ist er nicht sicher, und auch im Wald lauern zu viele Gefahren. Im Moment bleibt ihm nichts anderes übrig, als sich auf den Rückweg zu machen, damit er es noch rechtzeitig vor Einbruch der Nacht nach Hause schafft. Wenigstens hat er so genügend Zeit, sich zu überlegen, wie er diese Schlucht überwinden kann.

***

In Gedanken versunken steigt er wieder auf und wendet sein Pferd. Er bekommt nicht einmal mit, dass Kopernikus auf seiner Schulter landet. Zora hat sich den Weg zum Glück gemerkt, so dass sie von ganz allein zurückläuft, während Kopernikus ununterbrochen in Sparks Ohr schnattert. Er kann den Papagei zwar nicht verstehen, doch plötzlich hat er einen Geistesblitz. Ein Trank! Das ist die Lösung! Wieso hat er nicht gleich daran gedacht? Schließlich hat er so viel darüber in den Büchern aus Margrets Bibliothek gelesen. Wenn es wirklich keinen anderen Weg über die Schlucht gibt, schafft er es vielleicht mit einem Trank der Schnelligkeit und einem Trank der Sprungkraft. Damit müsste er an der schmalsten Stelle über die Schlucht kommen.

Ein Plan reift in seinem Kopf, während Zora ihn zuverlässig im Licht der untergehenden Sonne nach Hause bringt.

Blume

Die Erlebnisse des vergangenen Tages verfolgen Spark bis in seine Träume. Immer wieder muss er mit ansehen, wie die Plünderer Zogrit mitschleifen, ohne dass er etwas dagegen unternehmen kann.

Mit steifem Nacken und Muskelkater in den Beinen wacht er auf. Er fährt sich durch die strubbeligen blonden Haare und wischt sich mit der Hand über sein Gesicht, um wach zu werden.

Bei seiner Rückkehr gestern Abend hat er nur kurz Vegra am Nordtor begrüßt. Das Osttor war, wie versprochen, zuverlässig mit Steinen verschlossen, und die Dorfbewohner hatten sich schon in ihre Hütten zurückgezogen. Er wollte niemanden stören, also hat er nur noch schnell Zora im Stall versorgt und sich dann in sein Haus zurückgezogen. Bis spät in die Nacht hat er überlegt, wie er am besten an die Tränke herankommen könnte, um die Schlucht zu überqueren. Er weiß, dass es nicht besonders kompliziert ist, diese Tränke herzustellen. Ein viel größeres Problem sind die Zutaten. Es ist oft nicht leicht, sie zu besorgen – vor allem wenn sie aus einem Ort namens Nether stammen. Dann ist es so gut wie unmöglich, an sie heranzukommen. Leider gibt es in seinem Dorf keinen Geistlichen, der ihm behilflich sein könnte. Also bleibt ihm nichts anderes übrig, als eine Hexe aufzusuchen. Hexen kennen sich nicht nur gut mit Tränken aus, sondern können sie auch herstellen. Angeblich verfügen sie über magische Kräfte, so dass sie nicht auf die herkömmlichen Zutaten angewiesen sind, die in den Rezepten stehen. Sie können sich alles zurechtzaubern und schaffen es, auch schwierige Tränke zu brauen. Irgendwo hat er sogar gelesen, dass Hexen dafür nicht einmal einen Braustand benötigen. Sie werfen die Zutaten einfach willkürlich in einen großen eisernen Kessel, faseln ein paar Zaubersprüche und fertig. Er muss nur noch herausfinden, wo er eine Hexe finden kann. Dazu will er Asterius, den Kartographen des Dorfes, um Rat fragen. Vielleicht weiß er, wo sich eine Hexenhütte befindet. Immerhin ist es die Aufgabe des Kartographen, durch das Land zu reisen und sämtliche Orte oder Siedlungen auf Papier festzuhalten.

Also schwingt sich Spark aus dem Bett und macht sich mit Kopernikus auf der Schulter auf den Weg zu Asterius.

***

Im Dorf ist es ruhig, so wie an jedem normalen Morgen. Ein paar Kinder sind schon auf dem Weg zur Kirche, Bauern beginnen auf den Feldern mit der Arbeit, andere Bewohner wuseln um ihre kleinen Hütten herum und arbeiten an ihren Waren, die sie später zum Tausch anbieten wollen. Die Hütte von Asterius befindet sich leicht nördlich der Dorfmitte, gegenüber der Schmiede.

Spark klopft an die knorrige dunkle Holztür und wird von einer tiefen Stimme hereingebeten. Beim Betreten der Hütte schlägt ihm der Geruch nach altem Papier, Leder und trockenem Holz entgegen. Unwillkürlich muss Spark lächeln, denn er liebt diesen Geruch. Immer wenn er ein neues Buch bekommt, riecht er zuerst an den Seiten, die so viele Informationen tragen und dabei noch so verführerisch duften.

»Ach, sieh an, Spark! Du bist schon zurück? Hast du Neuigkeiten über Zogrit oder die Plünderer? Und, oh, wer ist denn das?« Asterius rückt sein goldenes Monokel am linken Auge zurecht und legt die Feder ab, mit der er gerade am Kartentisch vor einem Stück Papier sitzt. Bevor Spark etwas erwidern kann, fährt er auch schon fort: »Ein Papagei? Wo hast du den her? Hat er etwas mit der Suche nach unsrem Golem zu tun?« Asterius räuspert sich. »Entschuldige, so viele Fragen auf einmal und ich lasse dich gar nicht zu Wort kommen. Nimm es mir nicht übel, ich bin ein zerstreuter Mann. Und wer hätte gedacht, dass ich auf meine alten Tage noch so ein Unglück erleben muss.«

»Du brauchst dich doch nicht zu entschuldigen, Asterius. Wir stehen alle noch unter Schock, und ich platze so früh am Morgen einfach bei dir herein. Ich bin gestern erst spät zurückgekommen, war aber leider nicht sehr erfolgreich …« Mit einem empörten Krächzen meldet sich der Papagei. Spark muss lachen, obwohl ihm gar nicht danach zumute ist. »Das ist Kopernikus. Ich habe ihn gestern am Rand des Dschungels gefunden, als ich die Spur der Plünderer verfolgt habe. Ein ziemlich neugieriger und vorlauter kleiner Geselle. Ich habe ihn mit ein paar Samen gefüttert, seitdem sitzt er gern auf meiner Schulter.«

Kopernikus schnattert zufrieden und säubert seine Federn, während Asterius ihn bewundert. Spark streichelt sein leuchtendes Gefieder und wendet sich dann wieder dem Kartographen zu.

»Ich bin hier, weil ich nach einer Hexe suche, beziehungsweise nach einer Sumpfhütte. Kannst du mir weiterhelfen?«

»Eine Hexe? Mal sehen …«, murmelt Asterius und geht zu einer Kiste. Er öffnet den knarrenden Deckel und stöbert zwischen ein paar Karten herum. »Ich glaube, ich bin erst kürzlich darüber gestolpert – ach, hier ist sie ja!« Asterius zieht eine Karte hervor, geht zum Tisch und breitet sie darauf aus.

Sie ist weitestgehend grün, mit einem hellblauen Fluss, der von links oben bis rechts unten über das ganze Papier verläuft. In der unteren Hälfte liegt ein großer Sumpf, der nur zum Teil abgebildet ist. In der linken unteren Ecke ist ein kleines braunes Viereck zu sehen.

Asterius zeigt mit dem Finger darauf. »Das ist die Sumpfhütte, die ich vor einigen Jahren gefunden habe. Ich weiß allerdings nicht, ob sie noch bewohnt ist. Ich habe sie auch nur aus der Ferne gesehen. Es führt kaum ein Weg durch den Sumpf, so dass ich fast immer am Rand bleiben musste, als ich die Karte gezeichnet habe. Aber was hat eine Hexe mit deiner Suche nach Zogrit zu tun? Du weißt, dass Hexen gefährlich sein können.« Asterius schaut Spark besorgt an und schiebt erneut sein Monokel zurecht, das bereits eine tiefe Furche unter seinem Auge hinterlassen hat. Doch das scheint ihn nicht zu stören.

»Ich habe die Spuren der Plünderer in Richtung Osten bis zu einer großen Schlucht verfolgt. Doch sie haben die einzige Brücke zerstört, die hinüberführt. Um auf die andere Seite zu gelangen, brauche ich einen Trank der Schnelligkeit und der Sprungkraft. Und wer könnte mir da besser helfen als eine Hexe?«

»Ah, ich erinnere mich an die Schlucht. Es ist schon lange her, als ich zum letzten Mal dort war. Diese Gegend kam mir immer ein bisschen unheimlich vor. Über die Brücke habe ich mich nicht getraut. Sie war damals schon alt und sah nicht besonders stabil aus. Eigentlich ein Wunder, dass die Plünderer es mit Zogrit hinübergeschafft haben. Aber gut, dass du nicht aufgibst und einen anderen Weg über die Schlucht suchst. Nur freu dich nicht zu früh. Hexen sind wankelmütige Wesen. Sie tauchen am liebsten aus dem Hinterhalt auf und lassen nicht gern mit sich reden.«

»Ja, ich weiß. Aber ich muss es zumindest versuchen. Der Aufwand ist immer noch geringer, als einen Weg um die riesige Schlucht herum zu suchen, und dann die ganze Strecke wieder zurückzugehen.«

»Da hast du recht, mein Junge. Ich wüsste auch nicht, dass ich bei meinen Reisen jemals ein Ende der Schlucht entdeckt hätte.«

»Siehst du, das dachte ich mir. Ich mache mich am besten gleich auf den Weg zu dieser Sumpfhütte. Ich danke dir, Asterius.« Spark schüttelt dem Kartographen die Hand, während Kopernikus fröhlich auf seinem Arm herumhüpft.

Hoffentlich finde ich die Hexe und kann sie irgendwie davon überzeugen, mir zu helfen, denkt Spark insgeheim.

***

Spark hat noch einige Sachen vom Vortag in seinem Rucksack, die er nicht ganz aufgebraucht hat. Aus seiner Vorratskammer im Keller holt er noch etwas Wasser und Nahrung. Er ist froh, dass er so schnell wieder aufbrechen kann, denn ihm ist unwohl bei dem Gedanken, dass jetzt buchstäblich eine Nacht Gras über die Sache gewachsen ist. Die Schleifspuren waren zwar recht tief, daher glaubt er nicht, dass sie schon nach einem Tag verschwunden sind, dennoch möchte er keine Zeit verlieren. Er setzt den Rucksack auf, schnappt sich die Armbrust mit den Pfeilen und macht sich mit Kopernikus auf der Schulter auf den Weg zum Stall. Zum Glück achtet niemand auf ihn, so dass er bei Zora ankommt, ohne mit lästigen Fragen belagert zu werden.

Die Stute wiehert fröhlich, als sie ihn und Kopernikus sieht. Er sattelt sie schnell und krault sie hinter dem Ohr, als Dank dafür, dass sie ihn gestern so zuverlässig nach Hause gebracht hat. Er befestigt noch die Armbrust an seinem Rucksack, dann reitet er durch das Westtor in Richtung Fluss. Kopernikus fliegt in einem weiten Bogen hinter ihm her.

***

Zora hat gute Laune und viel Energie, so dass sie gut vorankommen. Die Geräusche ihrer Hufe werden durch den weichen Waldboden gedämpft, der von dickem Moos und heruntergefallenen Fichtennadeln bedeckt ist. Kurz darauf folgen sie dem Flusslauf in leichtem Trab in Richtung Süden. Die Wasseroberfläche glitzert in der Sonne und wirft kleine Regenbögen in die Luft, wo sich das Wasser an einem Stein bricht.

Nach halber Strecke wechselt der Fichtenwald in einen Eichenwald und der Fluss verbreitert sich zu einem See, genau wie Spark es auf der Karte gesehen hat. Auf dem Waldboden wächst nun mehr Gras als Moos, und Spark entdeckt viele Tiere, die sich an kleinen Wasserlöchern aufhalten. Sie sind nicht scheu und haben auch keine Angst vor ihm. Manchmal bildet er sich sogar ein, dass sie ihn beobachten.

An der Spitze des großen spiegelglatten Sees beginnt der Sumpf. Die Luft riecht leicht modrig, dünner Nebel liegt über dem seichten Wasser, in dem hin und wieder Seerosen schwimmen. Die Bäume sehen knorrig aus, Rankengewächse schlängeln sich an der Rinde entlang und hängen manchmal bis ins Wasser hinein. Spark sieht sogar wunderschöne blaue Orchideen. Wie gern würde er die Natur jetzt einfach nur in Ruhe genießen.

Da fällt sein Blick in der Ferne auf eine Hütte, die sich kaum sichtbar aus dem Nebel erhebt. Sofort ist er mit seinen Gedanken wieder bei seiner Mission. Er steigt aus dem Sattel und sucht mit tastenden Schritten einen sicheren Weg durch den Sumpf. Kopernikus schaut sich unsicher um, Zora wackelt aufgeregt mit den Ohren. Obwohl sie sich am Rand des Sumpfes befinden, fühlt sich der Nebel beklemmend an. Die ganze Szenerie wirkt unheimlich. Zusätzlich verdecken dichte Wolken die Sonne, es wird immer dunkler. Selbst die Schweine, die am Rand des Sumpfes mit ihren Schnauzen im Schlamm wühlen, sehen durch den Nebel ungewollt gruselig aus.

Spark versucht, Zora über stabil wirkende Grasflecken zu führen. Immer wieder sinken ihre Hufe ein und drücken schlammiges Wasser nach oben. Trotzdem schaffen sie es langsam durch den Sumpf. Spark schaut mehrmals zurück, um sich möglichst den Rückweg einzuprägen.

Etwa in der Mitte des Sumpfes müssen sie ein Stück durch das seichte Wasser waten. Dunkelgrüne Algen schwimmen darin herum, aber glücklicherweise scheint Zora ihm zu vertrauen, denn sie bleibt nicht stehen. Auch nicht, als sie noch tiefer sinkt und ihre Beine nur noch zur Hälfte zu sehen sind. Tapfer durchqueren sie auch das letzte Stück bis zur Hütte. Spark hat inzwischen auch nasse Füße, aber er ist längst nicht so stark eingesunken wie Zora. Kopernikus hat es natürlich am besten. Ungeduldig flattert er voran und kommt in immer kleineren Schleifen wieder zurück.

Die Hütte ist aus einfachem, dunklem Holz gebaut und steht auf vier Stelzen. Die beiden hinteren ragen aus dem Wasser, die beiden vorderen befinden sich auf einem kleinen Grashügel. Sie sehen nicht besonders stabil aus und haben an vielen Stellen Moos und Algen angesetzt. Das Dach ist sehr flach und steht an allen Seiten etwas über. Die kleine Veranda vor dem Eingang liegt etwas erhöht, ein umgefallener Baumstamm dient als Treppe. Spark steigt vorsichtig auf die provisorische Stufe und schaut sich um. Durch das Fenster kann er nichts erkennen, da es im Inneren der Hütte dunkel ist. Trotzdem will er sein Glück versuchen und klopft an die Tür. Nichts passiert. Er klopft ein weiteres Mal und lauscht. Stille. Entweder wohnt hier keine Hexe mehr oder sie ist nicht zu Hause.

Spark will sich gerade umwenden, als Kopernikus aufgeregt angeflogen kommt.

»Was ist denn los, hm?«, versucht er den Papagei zu beruhigen, aber Kopernikus flattert wild auf seiner Schulter herum und schimpft fürchterlich. Auch Zora scharrt unruhig mit den Hufen. Was ist nur in die Tiere gefahren?, fragt sich Spark. Sie scheinen eine Gefahr zu spüren, aber er kann weit und breit nichts und niemanden sehen.

Plötzlich hört er ein Geräusch: das Rascheln von Blättern. Im nächsten Moment stürzt ein schwarzer Schatten von einem Baum auf ihn zu. Kopernikus fliegt kreischend davon, Spark springt zur Seite und kann gerade noch einer großen schwarzen Katze ausweichen, die auf der kleinen Veranda landet. Ihre Augen leuchten unheimlich orange, ihr Fell schimmert im trüben Licht des Sumpfes. Sie hat die Krallen ausgefahren und macht fauchend einen Buckel.

»He, keine Angst, wir tun dir doch nichts«, versucht Spark die Katze irgendwie zu besänftigen. Aber wahrscheinlich hätte er den größten Fisch der Welt bei sich haben können und trotzdem nichts erreicht. Die Katze faucht noch einmal wütend und verschwindet um die Ecke der Veranda.

Spark überlegt. Eigentlich kann das Auftauchen der Katze nur eines bedeuten: Irgendwo in der Nähe muss auch eine Hexe sein. Er klopft noch einmal an die Tür und späht durch das Fenster, aber vergeblich.

Kopernikus kommt zurückgeflattert und macht ein Geräusch, das Spark noch nie gehört hat. Verwirrt dreht er sich um – und sieht gerade noch eine dunkle Gestalt mit einem spitzen Hut, bevor ihn etwas Brennendes im Gesicht trifft. Seine Augen fangen sofort an zu tränen, und er muss fürchterlich husten. Die Hexe hat sich angeschlichen und ihn mit einem Trank vergiftet! Spark wird übel. Er will nur noch weg von hier. Eine weitere Flasche knallt gegen seinen Rücken, bevor er in Deckung gehen kann. Es folgt gehässiges Gelächter. Asterius hatte recht. Hexen sind unberechenbare Wesen. Diese hier hat ihm nicht mal die Chance gegeben, ein Wort mit ihm zu wechseln.

Spark schleppt sich von der Hütte weg. Er bereut ein bisschen, dass er überhaupt die Hoffnung hatte, eine Hexe würde ihm helfen. Aber welche Möglichkeiten bleiben ihm denn? Wer weiß, wohin die Plünderer Zogrit inzwischen

gebracht haben. Je mehr Zeit vergeht, desto schwieriger wird es, den Golem zu finden und zu befreien.

Kopernikus holt Spark aus seinen Gedanken. Er fliegt schimpfend Kreise über seinem Kopf. Spark wird schwindelig und ihm ist schlecht. Sein Magen krampft sich zusammen, ein bitterer Geschmack steigt in seinem Mund auf. Er schafft es, sich bis zu einem Baum zu schleppen, gegen den er sich lehnt, um etwas auszuruhen. Zora kommt besorgt angetrottet und stupst ihn mit ihrer warmen, weichen Nase an. Spark sieht noch, wie die Hexe mit einem giftigen Blick und der unheimlichen Katze auf der Schulter in der Dunkelheit ihrer Hütte verschwindet. Dann wird ihm schwarz vor Augen, und er sinkt ins feuchte Gras.

***

Spark steht am Rand der Schlucht und schaut hinüber. Die Überreste der Brücke hängen traurig und verlassen am Abgrund. Er hat das große Verlangen, auf die andere Seite zu kommen. Aber wie? Kopernikus schnattert ihm etwas zu und stößt sich von seiner Schulter ab. Er breitet die Flügel aus und gleitet auf die andere Seite. Dann landet er auf dem Ast eines dicken Baumes und schaut Spark auffordernd an.

»Komm!«, hört er plötzlich eine Stimme in seinem Kopf und ist sich sicher, dass sie Kopernikus gehört.

Er fühlt sich irgendwie anders, als könnte er die Gesetze der Natur verändern. Sein Körper kommt ihm unwirklich und viel leichter vor, als würde er nicht mehr der Schwerkraft der Erde unterliegen.

Er geht ein paar Schritte zurück und nimmt Anlauf. Er weiß einfach, dass er es kann – dass er fliegen kann. Warum auch nicht? Kopernikus kann es ja auch, er hat sich einfach in die Luft erhoben und seine Flügel ausgebreitet. Also macht er es ihm nach. Er läuft auf die Schlucht zu und breitet die Arme aus. Dann stößt er sich von der Kante ab. Seine Arme verwandeln sich kribbelnd in Flügel. Die Federn sind rot wie die von Kopernikus, mit einem Hauch orange. Durch den Wind in seinen Augen sieht es aus, als würden sie brennen. Mittlerweile spürt er seine Beine nicht mehr. Er schaut kurz an sich herunter und sieht einen Bauch aus leuchtenden Federn und kleine Füße, die ausgestreckt am Ansatz seiner Schwanzfedern anliegen. Er ruft vor Freude nach Kopernikus und hört, wie er einen lauten, wunderschön klingenden Ruf aussendet. Er fühlt sich unendlich frei!

Kopernikus fliegt auf ihn zu, und gemeinsam steigen sie immer höher – dem Himmel und der Freiheit entgegen. Seine Gedanken sind sorglos und leer. Genauso wie der blaue Himmel, der sie mit offenen Armen erwartet.

Die Landschaft unter ihnen verwandelt sich in einen Flickenteppich aus unzähligen Farben. Bäche und Flüsse durchziehen ihn wie Fäden, die sich aus dem Stoff gelöst haben. Alles ist so fern und nah zugleich. Dinge, die vorher Hindernisse waren, sind nur noch Teile des Puzzles, das sich unter ihm befindet. Die Sonne verschwindet am Horizont, während er und Kopernikus zusammen die schönsten Lieder singen.

***

Etwas kitzelt in Sparks Gesicht. Gras? Nein, Haare. Und warmer Atem. Aber wo befindet er sich überhaupt? Er kann sich nicht erinnern, warum er nicht ausgeruht in seinem Bett aufwacht. Und warum tut ihm sein ganzer Körper so weh? Die Erinnerungen kommen wie durch einen dichten Nebel an die Oberfläche. Der Sumpf, die Katze, die Hexe! Er öffnet die Augen, und das Erste, was er sieht, sind Zoras Nüstern. Sie scheint schon länger zu versuchen, ihn zu wecken. Verwirrt schaut er sich um. Es ist schon dunkel, aber dann muss er mehrere Stunden ohnmächtig gewesen sein. Verwirrt setzt er sich auf. Zora scheint über ihn gewacht zu haben, während er bewusstlos im Gras lag.

Mit wackligen Beinen und Zora als Stütze steht er auf. Er fühlt sich schon besser, aber ihm ist immer noch etwas schummrig zumute. Langsam wird ihm auch wieder bewusst, dass er versagt hat. Die Hexe hat ihn sofort verjagt. Wie soll er jetzt an die Tränke kommen? Bleibt überhaupt noch Hoffnung, Zogrit zu retten?

Spark fühlt sich hilflos, und er ist wütend. »Verdammte Plünderer! Verdammte Hexe! Ver… Aber Moment mal! Das ist es!« Er fühlt sich, als hätte er in den letzten beiden Tagen mehr Emotionen erlebt als in seinem ganzen bisherigen Leben. Die Eintönigkeit des Alltags hat definitiv noch nie eine Gefühlsexplosion wie diese in ihm ausgelöst. Nicht mal ein neues Buch kommt an das heran, was er gerade fühlt.

Im dämmrigen Mondlicht sieht er eine der blauen Orchideen, die ihm schon vorher aufgefallen sind. Aber die Art und Weise, wie das Mondlicht die Farbe wiedergibt, hat ihn auf eine neue Idee gebracht. Er erinnert sich plötzlich an eine andere Blume, die er neulich in einem aufgeschlagenen Buch bei Margret gesehen hat. Sie war von einem ähnlichen Blau, nur etwas dunkler und mit einem Hauch lila als Unterton. Eine Kornblume. Und was hatte Margret vor sich hin gemurmelt? Irgendetwas mit »hüpfen wie ein Hase«. Leider hat er ihre genauen Worte vergessen. Aber heißt das nicht, dass es noch einen anderen Weg geben könnte, Sprungkraft zu bekommen? Aus irgendeinem Grund hat sein Unterbewusstsein ihm diese Information genau zum richtigen Zeitpunkt geschickt. Vielleicht hat das auch etwas mit seinem Traum zu tun – er kann sich nur nicht mehr richtig daran erinnern. Doch je mehr er versucht, darüber nachzudenken, desto mehr verschwinden die Bilder aus seinem Kopf. Wie Nebel, den man zwischen den Fingern zu fangen versucht.

Die Erlebnisse dieses Tages sind als wichtige Erfahrungen zu werten. Vielleicht musste es genau so kommen, damit ihm das Buch bei Margret wieder einfällt. Er klettert in den Sattel und kann sich wie immer darauf verlassen, dass Zora ihn schnell nach Hause bringt. Er ist so euphorisch, dass er sich nicht mal um die fiesen Monster Sorgen macht, die ganz sicher irgendwo lauern.

***

Als Spark spät in der Nacht ins Dorf zurückkommt, kann er von Glück reden, dass ihm unterwegs nur wenige Monster begegnet sind, denn er hätte beim besten Willen nicht gegen sie kämpfen können. Zum Glück musste er nicht ein Mal nach seiner Armbrust greifen, weil Zora instinktiv jedem Angreifer davongaloppiert ist. Manchmal hat Kopernikus sie auch gewarnt, obwohl er im Dunkeln nicht so gut sehen kann.

Nach einem kurzen aber erholsamen Schlaf will Spark gleich Margret aufsuchen, um sie nach dem Buch mit der Kornblume zu fragen. Kopernikus ist noch so erschöpft von der langen Nacht, dass er keine Anstalten macht, ihm zu folgen. Er öffnet nur kurz ein Auge, steckt dann aber wieder den Schnabel in sein Gefieder und schläft weiter. Spark streichelt ihm kurz über den Kopf und macht sich dann auf den Weg.

Die Hütte der Bibliothekarin befindet sich westlich vom Dorfzentrum, gegenüber der Kirche. Als er gerade anklopfen will, geht die Tür zufällig von allein auf.

»Spark! Du bist zurück? Geht es dir gut?«, fragt Margret besorgt.

»Ja, mir geht es gut. Und ich bin nur kurz zurück. Ich war im Sumpf bei einer Hexe, die ich nach zwei Tränken fragen wollte. Aber das war völlig umsonst. Jetzt bist du meine letzte Hoffnung!«

»Komm erst mal rein«, sagt Margret. »Ich wollte zwar gerade zur Kirche, weil bald der Unterricht beginnt, aber ein bisschen Zeit habe ich noch.«

Sie bietet Spark einen Platz an und er beginnt sofort, von seinen Erlebnissen zu erzählen – und was ihm nach der Bewusstlosigkeit wieder eingefallen ist. Noch während er redet, geht Margret zielstrebig auf einen der Bücherstapel zu, die überall im Haus verstreut sind.

»Ja, ich erinnere mich. Das Buch müsste hier irgendwo in diesem Stapel sein. Warte kurz«, murmelt sie und fängt an, den wackligen Stapel Stück für Stück auseinanderzunehmen.

»Hier ist es schon. Die *Lyrik der Botanik II*, ein tolles Werk«, schwärmt sie und gibt es ihm.

Das Buch ist nicht besonders groß, dafür ist die Schrift recht klein. Mit Margrets Hilfe hat er die Seite mit der Kornblume schnell gefunden. Er sieht wunderschöne Zeichnungen, aber nur wenig Text, so dass ihm das Wichtigste sofort ins Auge fällt: Piktogramme, die Zutaten darstellen. Er entdeckt einen braunen Pilz und einen roten Pilz mit weißen Punkten. Sie schweben zusammen mit der Kornblume über einer Holzschale. Daneben ist eine springende Figur abgebildet. Wenn ihn nicht alles täuscht, ist das ein Rezept für eine Suppe, die Sprungkraft verleihen kann. Aber die darauf folgende Seite fehlt. Daher kann er nicht nachlesen, wie genau sie hergestellt wird.

»Hast du so etwas schon mal ausprobiert?«, fragt Spark und deutet auf die Abbildung.

Margret schüttelt den Kopf. »Nein, tut mir leid. Ich kenne auch niemanden hier in der Gegend, der sich mit solchen Suppen auskennt. Das Buch habe ich von einem Freund bekommen, der gern weite Reisen unternimmt.« Sie schaut aus dem Fenster, ihr Blick wandert in die Ferne. Geistesabwesend zupft sie an ihrem Kittel herum, während sie überlegt.

»Es … es könnte aber noch eine weitere Möglichkeit geben. Also …« Margret zögert. Sie knabbert an ihrer Unterlippe und scheint nach den richtigen Worten zu suchen.

Spark hält es vor Spannung kaum aus, wartet aber geduldig ab, um sie nicht unnötig zu drängen.

»Mein Freund, der gern auf Erkundungsreisen geht, hat mir vor kurzem erzählt, dass er zufällig in einem ungewöhnlichen Biom gelandet ist. Alles ist viel größer. Pilze werden dort so groß wie Bäume! Und auch die Kühe sind irgendwie … anders. Sie haben rot-weiß gefleckte Fell, und auf ihrem Körper wachsen kleine Pilze in derselben Farbe.« Margret macht eine kurze Pause. »An einem seiner Expeditionstage fing es an stark zu gewittern. Da hat er beobachtet, wie eine der roten Pilzkühe vom Blitz getroffen wurde. Aber anstatt sie zu verletzen, hat der Blitz sie verwandelt! In eine braune Pilzkuh, die er sonst nirgendwo in dieser Gegend gesehen hat. Aus Neugier hat er sie mit Blumen gefüttert, und dabei hat sich herausgestellt, dass ihre Milch ganz besondere Eigenschaften hat. Je nachdem, was sie vorher gefressen hatte. Verstehst du, was ich damit sagen will?«

Spark schaut sie mit großen Augen an. Eine Gegend mit Pilzen, Pilzkühen und sonderbaren Verwandlungen? Und eine Kuh, die besondere Milch gibt? Unglaublich!

»Meinst du etwa … willst du damit sagen …?«, stottert er und setzt gedanklich die Puzzleteile zusammen, während er auf das Rezept schaut. Rote Pilze, braune Pilze, eine Blume.

Margret nickt und lächelt. »Ganz genau! Du musst nur diese Pilzkuh finden und sie mit der richtigen Blume füttern. Dann melkst du sie und schon hast du deinen Trank. Ist das nicht genial?«

»Ja, du hast recht! Durch die Verwandlung während des Gewitters hat die Kuh ja praktisch rote *und* braune Pilze in sich. Ich bräuchte sie also nur noch mit einer Kornblume zu füttern.« Spark kann es kaum glauben. Doch es gibt schon wieder ein Problem. Wie soll er diese *eine* braune Pilzkuh finden?

Margret merkt, dass Spark ins Grübeln gerät. »Was ist los?«, fragt sie.

»Na ja, ich frage mich, wie ich auf die Schnelle so eine braune Pilzkuh finden soll. Ich weiß doch nicht einmal, wo dieses Pilzbiom liegt.«

»Meinen Freund können wir leider nicht fragen, weil ich keine Ahnung habe, wo er sich gerade aufhält. Vielleicht hat Asterius Karten, die große Bereiche des Südens und Südwestens zeigen. Ich weiß nur, dass die Pilzgegend sich irgendwo dort am Rand des Dschungels befinden muss. Sie liegt recht versteckt und ist bisher auch auf keiner Karte zu finden, glaube ich.« Margret zuckt entschuldigend mit den Schultern.

»Asterius hat mir schon mal geholfen. Keine schlechte Idee, ihn nach den Karten zu fragen. Danke, Margret.« Spark steht auf und stößt dabei versehentlich gegen einen Bücherstapel, der gefährlich ins Wanken gerät. Im nächsten Moment fallen die Bücher mit einem lauten Knall zu Boden.

»O nein, tut mir leid!«, sagt Spark verlegen und bückt sich rasch, um alles wieder aufzuheben.

Margret hilft ihm lächelnd. »Nicht so schlimm. Das ist mir auch schon passiert. Ich müsste die ganzen Bücher nur mal in die Regale räumen.«

Eines der Bücher liegt aufgeklappt am Boden, und Sparks Blick fällt auf die offenen Seiten. Die Abbildung eines türkisfarbenen Dreizacks leuchtet ihm entgegen. Spark kennt diese Waffe nur von Bildern, da es sie in seinem Dorf nicht gibt und der Ozean weit entfernt ist. Er hebt das Buch auf und schaut auf den Einband: *Die Enzyklopädie der Verzauberungen*. Wie bei anderen Waffen ist es anscheinend möglich, den Dreizack zu verzaubern. Eine dieser Verzauberungen fällt ihm besonders ins Auge – ein Dreizack, der Blitze schießen kann.

»Margret, sieh dir das mal an!«, sagt Spark aufgeregt. »Hier wird erklärt, dass ein Dreizack bei Gewitter auf Kommando Blitze schießen kann! Damit könnte ich selbst eine Kuh verwandeln! Du hast doch gesagt, dass es viele rote Kühe gibt. Damit wäre die Suche doch viel einfacher.« Spark ist wieder richtig euphorisch.

»Dafür müsstest du aber erst mal einen Dreizack auftreiben. Und auf ein Gewitter warten. Ich weiß nicht, Spark …«

»Ich muss einfach jede Möglichkeit nutzen. Und ich werde auf keinen Fall aufgeben. Du hast mir von den Kühen erzählt, und ich werde einen Weg finden, mir diese besondere Milch zu besorgen.«

»Ich bewundere dich für deinen Optimismus, Spark. Und ich hoffe natürlich, dass du es schaffst, Zogrit zu befreien.«

»Darf ich mir die Bücher ausleihen? Dann kann ich sie unterwegs lesen. Ich möchte keine Zeit verlieren und Asterius schnell nach der Karte fragen.«

Die Bibliothekarin nickt. »Natürlich«, sagt sie.

»Danke für deine Hilfe, Margret. Du bist die Beste!«

Margret zupft verlegen an ihrem Kittel, während sie mit der anderen Hand die rote Stoffmütze zurechtrückt. Spark schnappt sich die Bücher, winkt ihr zum Abschied zu und eilt voller Tatendrang quer durch das Dorf zu Asterius. Zum Glück sind die anderen Dorfbewohner zu beschäftigt, um ihn zu bemerken.

Wie schon beim letzten Mal kann der Kartograph ihm helfen. Er muss zwar etwas länger suchen, findet dann aber mehrere Karten, die aneinandergereiht den kompletten Dschungel und die benachbarten Gegenden zeigen. Wie Margret schon angedeutet hat, ist nur leider die Pilzgegend nicht auf den Karten eingezeichnet.

»Vielleicht gibt es dieses Biom noch nicht lange«, überlegt Asterius laut. »Es könnte sich erst kürzlich durch ein Umweltereignis gebildet haben.«

»Schon möglich«, murmelt Spark, der ganz in die Karten versunken ist. Die rechte Seite ist komplett mit der Schlucht überzogen. Daran grenzt der Dschungel an, der sich bis weit in den Süden zieht. Doch der Dschungel geht nicht direkt in die Wüste über. Dazwischen liegt noch ein großer Eichen- und Birkenwald, der in Richtung Westen von vereinzelten Akazien abgelöst wird.

»Zumindest weiß ich jetzt, dass ich die Strecke nicht an einem einzigen Tag schaffen werde. Aber selbst wenn die Spuren der Plünderer verblasst sind, bevor ich es über die Schlucht schaffe, werde ich nicht aufgeben.«

»Am besten versuchst du dein Glück zuerst in diesem Savannendorf.« Asterius deutet auf eine Siedlung neben den Akazien. »Du erreichst es in einem Tagesritt. Weil der Ozean fast vor der Tür liegt, findest du dort vielleicht einen Dreizack. Außerdem kenne ich den Waffenschmied des Dorfes. Er heißt Zaldrus und kann dir bestimmt beim Verzaubern des Dreizacks helfen.«

Spark hat nun endlich wieder einen Weg vor Augen. Er muss sich einen Dreizack besorgen, diesen verzaubern und damit anschließend eine rote Pilzkuh verwandeln. Mit ihrer Hilfe wird es ihm gelingen, die Schlucht zu überqueren.

Mit Margrets Büchern und einem Bündel Karten unter dem Arm verlässt Spark die Hütte des Kartographen.

Als er an der Waffenschmiede vorbeikommt, legt Clementius seine Werkzeuge zur Seite. »Gut, dass du noch nicht aufgebrochen bist, Spark! Ich habe ein Schwert für dich angefertigt.« Stolz hält er ihm das Eisenschwert entgegen.

Spark tritt erstaunt näher. »Und du willst nichts dafür haben?«

»Wenn du uns dafür Zogrit zurückbringst, ist das mehr als ein guter Tausch«, erwidert Clementius.

Spark bedankt sich aufrichtig. Er steckt das Schwert an seinen Gürtel und schüttelt Clementius zum Abschied die Hand.

Dreizack

Den ersten Teil des Weges kennen Spark, Zora und Kopernikus bereits von ihrem Ausflug zur Sumpfhütte. Aber anstatt in den Sumpf abzubiegen, reiten sie weiter Richtung Süden. Der Eichenwald, der den Fichtenwald mittlerweile abgelöst hat, ist voll von kleinen Seen und Tümpeln, an denen sich viele Tiere tummeln. Der weiche Boden ist mit Gras und Moos bedeckt, überall wachsen schöne Blumen.

Gegen Mittag verändert sich die Landschaft. Das Gras ist von der Sonne ausgedörrt, die Bäume stehen weniger dicht beisammen. Ihre Stämme sind knorrig und schief, und die spärlichen Baumkronen haben nur wenige blasse Blätter, die sich mit aller Kraft festhalten. Spark hat die Akazienbäume erreicht. In der Ferne sieht er schon das Glitzern des Ozeans. Die Luft riecht frischer und der Wind sendet sanfte Brisen. Spark lässt Zora immer wieder an kleinen Bächen ausruhen und verwöhnt sie mit Äpfeln und Karotten. Kopernikus flattert umher, sucht sich munter Samen und ruht sich zwischendurch auf Sparks Schulter aus.

Als Zora bei einer Pause das frische Gras am Wasser genießt, blättert Spark in dem Buch mit der Kornblume und findet eine weitere, äußerst interessante Seite. Er weiß bereits, dass ihm die Kornblume zusammen mit den Pilzen Sprungkraft verleihen kann. Nun hat er das letzte Puzzleteil gefunden: eine Mohnblume. Den Abbildungen nach verleiht sie Schnelligkeit. Er muss also eine Mohnblume und eine Kornblume finden und die braune Pilzkuh damit füttern. Wenn er doch nur schon den Dreizack hätte.

***

Bei Sonnenuntergang erreichen die drei das Savannendorf, das zwischen Akazienbäumen nicht weit vom Ozean entfernt liegt. Sobald sie das Nordtor passiert haben, strahlen Spark leuchtend rote Gebäude in der Abendsonne entgegen. Manche stehen etwas erhöht auf dünnen Pfählen, an vielen Fassaden hängen braune Banner. Es gibt aber nicht nur rote Gebäude, auch hellere Farben wie Gelb charakterisieren das Dorf. Bei näherem Betrachten fällt Spark auf, dass die Häuser aus Lehm gebaut sind.

Direkt neben dem Nordtor befindet sich ein großer Pferdestall mit einer kleinen Koppel. Der ideale Platz, um Zora für die Nacht unterzubringen. Aber wen soll Spark fragen? Da es schon früher Abend ist, sind kaum noch Bewohner auf den Straßen unterwegs. Da geht plötzlich ganz in der Nähe die Tür einer Hütte einen Spalt auf. Dahinter erscheint eine Gestalt, die Spark misstrauisch mustert.

»Was willst du so spät noch hier, Junge?«

»Entschuldige, ich bin auf der Suche nach Zaldrus. Ich wurde von Asterius geschickt, dem Kartographen meines Dorfes. Kannst du mir vielleicht weiterhelfen?«, fragt Spark höflich. Er steigt von Zora ab und geht langsam auf die Hütte zu. Er fühlt sich ein bisschen wie ein Eindringling, auch wenn er nur gute Absichten hat. Kopernikus bleibt auf seiner Schulter sitzen, was Spark beruhigt.

»Du stehst vor ihm«, sagt der Waffenschmied und tritt aus dem Schatten der Tür. »Es ist ungewöhnlich, dass jemand noch so spät in unser Dorf geritten kommt. Aber du hast einen weiten Weg hinter dir. Ich kenne dein Dorf und Asterius ist ein guter Mann. Also, was willst du?« Der Alte klingt immer noch ziemlich ungehalten und wirft einen finsteren Blick auf den Papagei, aber davon will Spark sich nicht einschüchtern lassen.

»Ich bin hier, weil ich einen Weg suche, unseren Golem zu retten. Er wurde von Plünderern verschleppt, die unser Dorf angegriffen haben, und Asterius meinte, dass du mir vielleicht helfen kannst.« Spark hält kurz inne, um die Reaktion des Waffenschmieds abzuwarten.

Zaldrus schaut ihn immer noch skeptisch an. »Und was genau willst du von mir, Junge?«

»Um es kurz zu machen: Ich brauche für meine Mission einen Dreizack und habe gehofft, du könntest mir beim Verzaubern helfen.«

»Hm, du machst mich neugierig. Wo hast du den Dreizack denn?«

»Na ja, den muss ich mir erst noch besorgen. Aber weil dieses Dorf so nah am Ozean liegt …«

»Dachtest du, ich könnte dir nicht nur beim Verzaubern helfen, sondern dir den Dreizack auch gleich mitliefern«, fällt ihm Zaldrus ins Wort. »Oder hat Asterius dich darauf gebracht? Wie auch immer«, Zaldrus winkt ab. »Ich könnte dir so einiges über einen Dreizack erzählen, aber das ist auch schon alles. Denn niemand im Dorf hat es bisher geschafft, einen zu bekommen. Kreaturen aus dem Ozean, die einen Dreizack bei sich tragen, sind eher selten. Manchmal lungern sie in alten Ruinen am Meeresboden herum, das erzählen jedenfalls die Fischer. Aber selbst wenn du ein solches Wesen findest, wird es dir den Dreizack nicht freiwillig überlassen.«

»Verstehe. Und wenn ich es trotzdem schaffe, einen Dreizack zu erbeuten? Würdest du mir dann helfen?«, fragt Spark.

Zaldrus wiegt den Kopf. »Du bist ganz schön wagemutig, Junge. Aber wieso nicht, probier dein Glück und komm wieder, wenn du einen Dreizack erbeutet hast. Dann werde ich sehen, was ich für dich tun kann. Doch sei gewarnt. Im Ozean lauern viele Gefahren«, meint Zaldrus. »Komm, dann zeige ich dir mal, wo du übernachten kannst.«

Ein bisschen merkwürdig findet Spark es schon, dass Zaldrus so abrupt das Thema wechselt, aber er ist auch froh, dass er den mürrischen Alten nicht auch noch nach einer Übernachtungsmöglichkeit fragen muss. Er folgt ihm ein Stück den Weg entlang.

»Da drüben haben wir ein paar freie Hütten für Besucher. Mach es dir in einer davon gemütlich.« Zaldrus deutet auf eine Gruppe kleiner Gebäude. »Der Pferdestall am Tor ist ja nicht zu übersehen, da kannst du dein Pferd unterbringen.« Ohne ein weiteres Wort macht er auf dem Absatz kehrt und geht zu seiner Hütte zurück.

Spark atmet erleichtert auf. Er bringt Zora in den Pferdestall und sucht sich danach mit Kopernikus eine Hütte aus. Die Tür ist nur angelehnt, und im Inneren ist es sehr eng, aber das stört Spark nicht. Er braucht nur ein gemütliches Bett und schläft sofort ein.

***

Gut erholt wacht Spark am nächsten Morgen auf. Kopernikus sitzt am Fenster und knabbert an einer Möhre, die er sich aus dem Rucksack stibitzt hat. Nachdem sich auch Spark ein wenig gestärkt hat, verlässt er die Hütte mit Kopernikus. Auf dem Weg zum Stall trifft er auf zwei Fischer.

»Entschuldigung«, spricht Spark die beiden an. »Ich heiße Spark und bin hier, weil ich nach einem Dreizack suche. Zaldrus hat mir gestern erzählt, dass beim Fischen schon Kreaturen mit Dreizack gesichtet wurden. Wisst ihr vielleicht etwas darüber?«

»Zaldrus spricht mit Fremden? Wie ungewöhnlich!«, meint der eine Fischer und stellt sich als Lenatus vor.

»Du musst Eindruck auf ihn gemacht haben«, fügt seine Begleiterin hinzu. »Na ja, kein Wunder, bei diesem süßen Papagei.« Sie streckt die Hand aus und krault Kopernikus am Kopf, der sich das gern gefallen lässt. »Ich bin übrigens Sazia. Und du hast Glück, wir sind tatsächlich schon einigen Unterwasserkreaturen begegnet.«

Aufgeregt berichten die beiden von ihren Erlebnissen. Natürlich wollen sie auch wissen, wozu Spark den Dreizack braucht, und sie staunen nicht schlecht, als sie seine Geschichte hören.

»Komm doch mit zu unserer Bootsanlegestelle. Dann

zeigen wir dir, wo du suchen kannst«, schlägt Sazia schließlich vor und schiebt sich ihren Hut zurecht, der sie vor der Sonne schützt.

Spark nimmt das Angebot dankend an. Obwohl es nicht weit bis zum Meer ist, holen die drei zuerst ihre Pferde, denn niemand möchte unnötig Zeit verlieren.

So dauert es auch nicht lange, bis sie den Ozean erreichen. Das Wasser trifft in sanften Wellen auf den goldfarbenen Strand. Neben der Anlegestelle steht eine kleine Hütte, in der die Fischer Truhen mit Angelausrüstung und anderen nützlichen Dingen verstaut haben. Ein paar kleine Ruderboote liegen neben dem Steg im Wasser. Kopernikus flattert fröhlich darüber hinweg, während sich Zora zu den anderen Pferden gesellt, die friedlich unter ein paar Akazien entspannen.

Vom Ufer aus kann man gut die vielen Inseln erkennen, die wie verstreute riesige Steine im Wasser liegen. Sie sind saftig grün und dicht bewachsen, im Gegensatz zum sandigen Boden rund um das Dorf. Spark stellt sich für einen Moment vor, wie es wohl wäre, auf so einer kleinen Insel zu leben. Abgeschottet von der Außenwelt, ganz allein und in Frieden mit seinen tierischen Begleitern. Doch Sazia reißt ihn aus seinen Träumereien.

»Meistens fahren wir zu den kleineren Inseln raus, die hier an der Küste liegen. Dabei wechseln wir immer ab, je nachdem was wir gerade fangen wollen«, erzählt sie. »Da der Ozean hier so klar ist, kann man auch im tiefen Wasser ziemlich gut und weit sehen. In den Ruinen zwischen den Inseln entdecken wir häufiger Unterwasserkreaturen. Dort solltest du dein Glück versuchen. Du kannst dir auch gern ein Boot leihen.«

Spark ist ganz überwältigt von so viel Hilfsbereitschaft. »Ich weiß gar nicht, wie ich euch danken soll, ihr beiden«, sagt er froh.

»Ach was, wir helfen doch gern. Schließlich sollen diese Plünderer nicht mit der Entführung davonkommen!« Lenatus bindet eines der Boote los und lässt Spark einsteigen.

»Also gut, dann mal los«, sagt Spark zu sich selbst, während Kopernikus über ihm zustimmend mit dem Schnabel klappert.

***

Irgendwie hat Spark sich das Ganze einfacher vorgestellt. Seine Arme tun schnell weh vom Rudern, und er kommt nicht besonders gut voran. Erst als er schon ziemlich weit vom Ufer entfernt ist, schwebt das Boot plötzlich fast von allein über das Meer. Die Strömung treibt ihn auf die Inseln zu, so dass er sich etwas zurücklehnen und die Fahrt genießen kann.

Die erste Insel ist schnell erreicht. Spark bindet das Boot an einem Baumstamm am Ufer fest. Kopernikus flattert fröhlich umher und erkundet die neue Gegend. Die Bäume sind sehr groß und haben strahlend helle Blätter. Der Sandstrand geht schnell in kräftiges Gras über, das voller bunter Blumen ist. Spark sieht sogar einige kleine Hasen, die sich unter einem Strauch verstecken, als sie ihn bemerken.

Kopernikus spielt mit Grashalmen, während Spark ins Wasser watet, das erfrischend kühl ist. Als Spark zum ersten Mal untertaucht, kann er sich sogar problemlos umschauen, denn das Wasser brennt nicht in den Augen und ist sehr klar. Er kann weit sehen, entdeckt aber keine Ruine. Auch von Unterwasserkreaturen fehlt jede Spur. Beim Tauchen begegnen ihm nur ein paar Tintenfische und eine Schildkröte, die es sich in einer wunderschönen roten Koralle gemütlich gemacht hat.

Spark beschließt, zu den etwas weiter entfernt liegenden Inseln zu fahren, wo der Ozean tiefer ist. Doch bei keiner der fünf Inseln im Umkreis hat Spark Glück. Langsam kommt er auch an seine Grenzen, weil er nicht so lange und tief tauchen kann, wie er eigentlich müsste.

Nach unzähligen erfolglosen Versuchen setzt er sich tropfend ans Ufer. Endlich hat er wieder einen tollen Plan vor Augen, nur die Umsetzung gestaltet sich schwieriger als gedacht. Er ist erschöpft, weil er den ganzen Tag getaucht ist, und die Sonne steht bereits tief am Horizont. Als Lenatus und Sazia ihm vorhin von den Unterwasserkreaturen erzählt haben, klang es so einfach, sie zu finden, und jetzt hat er nicht mal eine der Ruinen entdeckt.

Kopernikus flattert zwischen den Bäumen umher, die etwas weiter vom Strand entfernt stehen, als er plötzlich knurrende Geräusche von sich gibt. Nach dem Erlebnis mit der Hexe weiß Spark, dass Kopernikus ihn vor feindlichen Kreaturen warnen will, indem er sie nachahmt. Und tatsächlich: Im Schatten der Bäume sieht Spark zwei grüne, schleimige Zombies, die zielgerichtet auf eine Stelle am Strand zusteuern. Spark springt auf und erkennt, dass dort weiß schimmernde Eier im Sand liegen.

»Schildkröteneier«, murmelt er vor sich hin. »Darauf haben es die Zombies also abgesehen.«

Mit ausgestreckten Armen, an denen ihre zerrissene Kleidung herabhängt, laufen die Zombies auf die Eier zu. Spark überlegt fieberhaft. Er darf nicht zulassen, dass die Zombies die Eier einfach zertrampeln.

Er eilt zum Boot und schnappt sich seine Armbrust. Im tiefen Sand kommt er leider nicht besonders schnell voran, aber er stapft trotzdem entschlossen weiter. Als er nah genug ist, versucht er vergeblich zu zielen, denn seine Füße gleiten immer wieder unter ihm weg. Er verfehlt die Zombies mehrmals – dafür hat er ihre Aufmerksamkeit auf sich gelenkt. Langsam kommen sie auf ihn zu. Spark schießt einen Pfeil nach dem anderen ab, doch sie landen immer nur im Sand. Die Zombies kommen näher. Spark muss zurückweichen, doch er lässt die Armbrust nicht sinken. Als er fast schon im Wasser steht, schafft er es endlich, einen der beiden Zombies zu erledigen. Ein Schuss noch, macht er sich Mut. Er nimmt den zweiten Zombie ins Visier, zielt und drückt ab. Treffer! Mit einem erleichterten Seufzen lässt er sich in den Sand fallen. Sofort landet Kopernikus auf seiner Schulter und krächzt, als wollte er ihm gratulieren.

Nachdem Spark durchgeatmet hat, läuft er zu den Schildkröteneiern und kniet sich vor ihnen in den Sand. Sie schimmern auch im Dämmerlicht perlweiß und haben spärlich verteilte, grüne Punkte. Eines der Eier hat einen dicken Riss in der Schale.

Vielleicht waren die Eier schon zu lange schutzlos am Ufer den Naturgewalten ausgesetzt, überlegt Spark. In diesem Moment erfüllt ein plötzliches Knacken die Stille. Spark braucht einen Moment, um zu realisiert, was das bedeutet. Da schlüpft gerade eine kleine Schildkröte! Kopernikus beäugt das Spektakel neugierig von Sparks Schulter aus. Spark ist froh, dass er sich eine Weile ausruhen kann, während er die Eier beobachtet. Leider tut sich nicht besonders viel. Hin und wieder knackt eine Schale und ein neuer Riss entsteht, aber es sieht nicht so aus, als würden die kleinen Schildkröten noch vor Einbruch der Dunkelheit das Licht der Welt erblicken. Spark muss zurück zum Boot. Die Nacht auf der Insel zu verbringen, ist ihm zu gefährlich,

und im Dunkeln würde er den Weg zum Dorf bestimmt nicht finden.

***

Als er die Anlegestelle am Strand erreicht, räumen Sazia und Lenatus gerade die Angelutensilien in die kleine Hütte.

»Kein Glück gehabt?«, fragt Lenatus.

»Nein, leider nicht. Das größte Problem ist, dass ich nicht lange genug die Luft anhalten kann. Ich müsste im tieferen Wasser suchen, aber ich schaffe es nicht, so weit zu tauchen.«

»Ich glaube, ich weiß, was dir helfen könnte«, sagt Sazia. »Du brauchst einen Helm aus Schildkrötenschuppen. Leider haben wir keine, weil wir sie nicht mehr zum Fischen benutzen. Früher hatten die Fischer andere Methoden, aber heute tauchen wir kaum noch, um einen guten Fang nach Hause zu bringen. Um den Helm zu bekommen, muss man mit viel Geduld nach Schildkröteneiern suchen und dann warten, bis die Schildkrötenbabys geschlüpft sind. Dabei verlieren sie meistens ein paar Schuppen ihres Panzers, die man im Sand sonst niemals finden würde.«

Spark kann es kaum glauben. »Sazia, das ist es! Ich habe heute auf einer der Inseln ein paar Eier entdeckt, die schon Risse haben. Wenn ich morgen noch einmal mit dem Boot zu dieser Insel fahre, finde ich an der Stelle vielleicht diese Schuppen.«

Sazia freut sich für Spark. »Dann drücke ich dir fest die Daumen. Und wenn du uns ein paar Panzerteile mitbringen würdest, könnten wir die alte Fischerkultur wiederaufleben lassen. Lenatus, stell dir das mal vor!«

Der Fischer nickt begeistert.

»Ja, klar. Kein Problem. Ich finde bestimmt genug für uns alle«, erwidert Spark und hofft, dass er damit recht behält.

***

Sobald am nächsten Morgen die Sonne am Horizont zu sehen ist, macht Spark sich mit Zora und Kopernikus erneut auf den Weg zum Meer. An der Bootsanlegestelle sind Sazia und Lenatus schon damit beschäftigt, die Angelutensilien aus der kleinen Hütte zu holen.

»Spark! Uns ist noch etwas eingefallen, was dir helfen könnte«, verkündet Sazia.

»Ach, ja?« Spark stellt Zora zu den anderen Pferden und ist gespannt, was die beiden heute für ihn haben.

Lenatus eilt mit einem Eimer voll Fisch herbei. »Hier, den solltest du mitnehmen«, erklärt er. »Wenn es dir wirklich gelingt, den Helm aus Schildkrötenschuppen herzustellen, kannst du so tief tauchen, dass du Delfine triffst. Man sagt, dass sie einem verborgene Schätze zeigen, wenn man sie mit Fisch füttert. Und wo es Ruinen *und* Schätze gibt, da sind meistens auch Kreaturen mit Dreizack nicht fern.«

Spark nimmt den Eimer dankbar entgegen und stellt ihn in einem der Boote ab.

»Wenn das wirklich klappt, komme ich meiner eigentlichen Mission ein gutes Stück näher. Ich danke euch!« Spark steigt voller Tatendrang in das Ruderboot. Er kommt schnell voran, während Kopernikus aufgeregt auf seiner Schulter schnattert, als wüsste er genau, was Spark vorhat.

Wenn er es wirklich schafft, einen Dreizack zu bekommen und Zaldrus ihm bei der Verzauberung hilft, kann er endlich nach den Pilzkühen suchen. Spark überlegt, wie es Zogrit wohl geht und was die Plünderer mit ihm gemacht haben. Hoffentlich ist es noch nicht zu spät.

***

Kurze Zeit später legt er an der Schildkröteninsel an und steigt aus. Die Luft ist milder als gestern, und ein frischer Wind streicht ihm durch die Haare.

»Sieh mal, Kopernikus, ich glaube, wir haben heute Glück!«, sagt er und deutet ein Stück den Strand hinauf. Dort erkennt er schon vom Boot aus mehrere grüne Schuppen im Sand. Mit schnellen Schritten eilt er an den unregelmäßigen Spuren vorbei, die die kleinen Schildkröten auf dem Weg zum Wasser hinterlassen haben, und sammelt alle Schuppen auf, die er finden kann. Im aufgewühlten Sand und bei Tageslicht entdeckt er sogar noch größere und ältere Panzerteile. Viele davon sind ziemlich versteckt, aber er weiß jetzt, wo er suchen muss, und gräbt einige aus. Wahrscheinlich kommen die Schildkröten immer wieder zu ihrem Heimatstrand zurück, auch wenn sie schon erwachsen sind. Das würde die ganzen Schuppen erklären.

Viel schwieriger ist es, den Helm daraus herzustellen. Lenatus hat ihm zwar noch ein paar Tipps gegeben, trotzdem braucht Spark eine Weile, bis der Helm fertig ist. Dafür hat er für die beiden Fischer noch genügend Schuppen übrig, die er in seinem Rucksack verstaut. Spark freut sich, dass er sich bei seiner Rückkehr erkenntlich zeigen kann.

Er fühlt sich wie elektrisiert, und es kribbelt ihm regelrecht in den Fingern, den Helm endlich aufzusetzen und nach einem Dreizack zu tauchen. Gefolgt von Kopernikus eilt er zurück zum Boot und fährt zu einer abgelegenen Insel, die im tieferen Ozean liegt. Er bindet das Boot an einen kleinen Baum und setzt sich den Helm auf. Dann steckt er das Schwert von Clementius, das er heute extra mitgebracht hat, an seinen Gürtel und befestigt dort ebenfalls einen kleinen Beutel mit dem Fisch, den er von Lenatus bekommen hat. Kopernikus hat es sich in der Zwischenzeit auf einem Ast gemütlich gemacht und zwinkert ihm zu, als wollte er ihm viel Glück wünschen.

Spark will keine Zeit mehr verlieren. Er läuft ins Wasser und taucht sofort unter, da das Ufer hier steiler abfällt, als bei den Inseln, die näher am Festland liegen. Das Wasser ist angenehm kühl, und ein unbeschreibliches Gefühl breitet sich in jeder Faser seines Körpers aus. Er ist hellwach, seine Sinne sind geschärft, und es kommt ihm nicht so vor, als würde er sich unter Wasser befinden. Er fühlt sich frei und leicht. Es macht ihm auch gar nichts aus, den Atem anzuhalten. Er taucht immer tiefer, und schon nach wenigen Wimpernschlägen sieht er die ersten Delfine, die sich ihm neugierig nähern. Sie müssen den Fisch in seinem Beutel gerochen haben und schauen ihn freundlich an. Spark kann sogar ihre knackenden und quietschenden Geräusche hören, mit denen sie unter Wasser kommunizieren. Er nimmt einen Fisch aus dem Beutel und hält ihn einem der Delfine hin. Das Tier kommt tatsächlich näher und schnappt sich vorsichtig den Fisch aus seiner Hand. Dann öffnet der Delfin das Maul, als würde er lauthals lachen, und schwimmt um Spark herum, so dass er sich an der Finne festhalten kann. Die anderen Delfine folgen ihnen, während Spark immer weiter in die Tiefe gezogen wird.

Das Wasser ist so klar, dass er weit in die Ferne schauen kann. Hier unten wimmelt es nur so von Leben. Zahllose bunte Fischschwärme bahnen sich ihren Weg durch den Ozean, umgeben von großen, grünen Schildkröten und hin und wieder Tintenfischen, die sich jedoch eher in der Nähe des Meeresbodens aufhalten. Die vielen bunten Korallen leuchten wie eine bunte Wiese. Die blauen, roten, gelben und lila Gewächse sind kreuz und quer im Wasser verteilt, so weit das Auge reicht.

Der Delfin schwimmt an ein paar Ruinen vorbei, und Spark will die Finne schon loslassen, als sich nach und nach die Umrisse eines Schiffswracks am Boden des Ozeans abzeichnen. Es liegt halb verborgen zwischen hohen Seegrasgewächsen, aber der Delfin scheint ganz genau zu wissen, wo er hinschwimmen muss. Kurz vor dem Wrack hält er an, und Spark schwimmt das letzte Stück vorsichtig allein weiter.

Plötzlich entdeckt er unheimliche Kreaturen an Deck des Schiffswracks. Ertrunkene! Schnell versteckt sich Spark hinter einem hohen Büschel Seegras. Die Ertrunkenen sehen noch unheimlicher aus als auf den Bildern, die er in Büchern gesehen hat. Ihre Haut hat die Farbe des Ozeans. Auf ihren Köpfen wachsen kleine grüne Algen, und ihre Kleidung ist modrig braun und zerfetzt. Ihre Augen schimmern in einem seltsamen hellen Blau, als wären sie blind. Sie bewegen sich sehr langsam und träge, dennoch will Spark kein Risiko eingehen. Er kennt zu viele finstere Geschichten über diese Kreaturen. Doch wenn er das Wrack genauer untersuchen will, muss er an den beiden Ertrunkenen vorbei, die nah an der Reling umherlaufen. Noch haben sie ihn nicht entdeckt. Er kann also den Überraschungseffekt nutzen.

Vorsichtig zieht er sein Schwert und schwimmt hinter dem Seegras hervor. Er nimmt den Ertrunkenen ins Visier, der etwas näher ist. So muss er nicht mit beiden gleichzeitig kämpfen. Die Delfine bleiben zum Glück unauffällig in der Nähe, so dass er schneller schwimmen und ausweichen kann. Er spürt regelrecht, wie ihre Energie auf ihn übergeht. Der Ertrunkene hat ihm den Rücken zugekehrt und sieht ihn nicht kommen. Es fällt Spark zwar nicht ganz leicht, die Waffe gegen den Druck des Wassers zu schwingen, trotzdem kann er einige gute Hiebe landen, bevor sich der Ertrunkene umdreht. Wütend und gurgelnd greift er Spark mit ausgestreckten Armen an. Nun bemerkt ihn auch der zweite Ertrunkene und kommt langsam auf ihn zu. Spark muss ein Stück zurückweichen und kommt dabei den ausgestreckten Armen des ersten Ertrunkenen gefährlich nah. Da er sich dank der Delfine geschmeidig durch das Wasser bewegen kann, ist er mit nur einem Schwimmzug hinter seinem schon geschwächten Gegner und erledigt ihn mit dem Schwert. Inzwischen hat ihn der zweite Ertrunkene fast erreicht. Erst im letzten Moment entkommt Spark seinen glitschigen grünen Händen. Rasch holt er zum Gegenangriff aus, doch es ist schwierig, mit dem Schwert auszuholen. Nachdem er ein paarmal nur ins Leere getroffen hat, schaut er sich verzweifelt nach einer Rückzugsmöglichkeit um. Er muss seine Kräfte schonen, damit ihm nicht irgendwann die Luft ausgeht. In diesem Moment kommt ein großer Tintenfisch unter dem Schiffswrack hervor. Erschrocken stößt das Tier eine schwarze Wolke aus, die dem Ertrunkenen die Sicht nimmt. Das nutzt Spark aus. Nach einem gezielten Schwerthieb geht auch der zweite Ertrunkene zu Boden.

Jetzt kann Spark das Innere des Wracks erkunden. Er schwimmt zur Kapitänskajüte und schaut durch das angelaufene und mit Algen bewachsene Glasfenster. Im Inneren sieht er eine Kreatur, die ihm den Rücken zugewandt hat. Als sie sich bewegt, sieht er etwas aufblitzen.

Der Dreizack! Oder täuscht er sich? Spark reibt sich die Augen und späht erneut durch das Fenster. Der Ertrunkene hat tatsächlich einen Dreizack in der Hand. In Sparks Kopf überschlagen sich die Gedanken. Sein Ziel ist zum Greifen nah. Um den Dreizack zu erbeuten, muss er nur den Ertrunkenen überwältigen – der ihn nun mit seinen kalten, toten Augen fixiert. Spark schluckt. Der Dreizack wirkt ziemlich gefährlich. Doch ihm bleibt keine Zeit, sich eine Strategie zu überlegen, denn der Ertrunkene rammt ihm plötzlich die Kabinentür gegen den Kopf. Das Holz trifft ihn nicht besonders hart, so dass der Helm nicht zerbricht, aber ihm wird trotzdem schummrig. Punkte blitzen vor seinen Augen, und er muss sich kurz sammeln.

Der Ertrunkene verliert keine Zeit und greift mit dem Dreizack an. Die drei Spitzen glänzen bedrohlich, während er durch das Wasser gleitet. Spark reißt die Augen auf. Der Dreizack wird ihn treffen! Er will ausweichen, doch seine Gliedmaßen gehorchen ihm nicht. Im letzten Moment kommt einer der Delfine herangeschossen und stößt Spark mit der Schwanzflosse ein Stück zur Seite. Seine Benommenheit ist sofort verflogen. Ohne lange zu überlegen holt er mit dem Schwert aus, wehrt den Dreizack ab und trifft den Ertrunkenen mitten in der Brust. Er starrt Spark für mehrere Sekunden bewegungslos an, dann lässt er den Dreizack los und sackt zusammen.

Der Dreizack scheint von innen heraus zu leuchten, denn er gibt einen blaugrünen Schimmer ab. Mit einem triumphierenden Gefühl nimmt Spark ihn in die Hand, während er mit der anderen das Schwert wegsteckt. Spark kann den Blick kaum von dem Dreizack abwenden, aber er merkt, dass er langsam wieder auftauchen muss. Also schwimmt er zurück zur Reling und zieht mit der freien Hand einen weiteren Fisch aus dem Beutel, um die Delfine wieder anzulocken. Es dauert einen Moment, bevor die Tiere sich zögernd nähern. Spark schwenkt den Fisch hin und her, bis ein Delfin endlich zuschnappt. Rasch hält Spark sich an seiner Finne fest, da flitzt der Delfin auch schon los. Spark muss den Dreizack fest umklammern, damit er ihn unterwegs nicht verliert.

Als könnte der Delfin Gedanken lesen, bringt er Spark schnell und zuverlässig an die Wasseroberfläche. Seine Gefährten folgen ihnen und vollführen waghalsige Luftsprünge, während Spark tief durchatmet. Er hat es geschafft! Er ist in die Tiefen des Ozeans vorgedrungen, hat gegen drei Ertrunkene gekämpft und einen seltenen Dreizack erbeutet. Er grinst bei der Vorstellung, wie die Bewohner seines Dorfes wohl reagieren würden, wenn sie ihn jetzt sehen könnten. Gleichzeitig ist ihm bewusst, dass noch ein langer Weg vor ihm liegt.

Zum Dank wirft Spark den Delfinen den restlichen Beutelinhalt zu, dann schwimmt er zurück ans Ufer. Kopernikus hebt sofort den Kopf und blinzelt ihn neugierig an, als er aus dem Wasser watet.

»Sieh dir das an, mein Freund«, sagt Spark stolz und hält

den Dreizack in die Höhe. Der Papagei schüttelt seine Federn aus, landet auf Sparks Kopf und zupft ein Stück Seetang aus seinen Haaren.

Wenig später hat Spark den Dreizack sicher im Boot verstaut und rudert zum Festland zurück. Schon von weitem kann er Sazia und Lenatus erkennen. Als er nah genug ist, winkt er ihnen mit erhobenem Dreizack zu. Die beiden machen große Augen, rennen zur Anlegestelle und helfen ihm, das Boot festzumachen und auszusteigen.

»Spark, du hast es tatsächlich geschafft!« Sazia schüttelt fassungslos den Kopf.

Lenatus fehlen vor Staunen die Worte.

»Es war so aufregend. Die Schildkrötenschuppen habe ich schnell gefunden, aber den Helm herzustellen, war gar nicht so leicht. Dann haben mich die Delfine zu einem Wrack gebracht, da waren Ertrunkene, gegen die ich kämpfen musste, und dann habe ich den Dreizack erbeutet«, sprudelt es aus Spark heraus. »Ohne euch hätte ich das nicht geschafft. Aber dafür habe ich euch auch etwas mitgebracht.« Spark greift in seinen Rucksack und holt die Schuppen heraus. »Hier, die sind für euch, wie abgemacht.«

Lenatus, der immer noch kein Wort herausbringt, nimmt das Geschenk entgegen.

»Aber das ist noch nicht alles«, fährt Spark fort und kramt noch einmal in seinem Rucksack. »Ich möchte euch auch den Helm überlassen.« Er hält Sazia den Helm hin. »Ihr könnt ihn viel besser gebrauchen als ich.«

Sazia glaubt es kaum. »Ist das dein Ernst? Oh, Spark, danke! Ich wusste gleich, dass es richtig war, dir zu helfen.«

»Gern geschehen. Jetzt muss Zaldrus mir nur noch helfen, den Dreizack zu verzaubern.« Spark verabschiedet sich und geht zu Zora, auf deren Sattel Kopernikus hockt und auf ihn wartet.

»Wenn du dir da mal nicht zu viel erhoffst«, ruft Sazia ihm noch nach.

Doch das hört Spark nicht mehr, denn er reitet bereits zurück zum Dorf.

***

Die Waffenschmiede hätte Spark auch mit geschlossenen Augen gefunden. Zaldrus steht vor seiner leuchtend roten Lehmhütte und hämmert, ganz in seine Arbeit versunken, auf einer Waffe herum. Sogar Kopernikus beschwert sich mit einem Krächzen gegen den Lärm. Spark lässt Zora auf einer Wiese in der Nähe grasen und geht auf den Schmied zu.

»Entschuldige, Zaldrus, ich will dich nicht bei deiner Arbeit stören. Aber ich habe hier einen Dreizack, den ich dir zeigen wollte.« Spark hält ihm triumphierend die glitzernde Waffe entgegen.

Der Schmied legt das Werkzeug zur Seite, wischt seine Hände an der dunklen Schürze ab und beäugt den Dreizack misstrauisch.

»Ich hatte Hilfe von ein paar Fischern aus deinem Dorf, Sazia und Lenatus. Du kennst sie bestimmt. Sonst hätte ich den Dreizack nicht so schnell erbeuten können.«

»Also gut, dann lass mal sehen«, meint der Schmied. Er

nimmt den Dreizack in beide Hände und dreht ihn hin und her, ohne ein Wort zu sagen.

Spark wird immer ungeduldiger. Hat Zaldrus etwa nicht damit gerechnet, dass er mit der Waffe zurückkommt? Vielleicht weiß er gar nicht so viel darüber, wie er bei ihrem ersten Treffen behauptet hat.

»Was ist los?«, will Spark schließlich wissen. »Kannst du den Dreizack verzaubern, wie du es versprochen hast, oder nicht?«

»Immer langsam, Junge. Ich habe dir gar nichts versprochen, sondern nur gesagt, dass wir weitersehen, wenn du einen Dreizack hast«, sagt Zaldrus. »Und ich muss ehrlich zugeben, dass ich nicht damit gerechnet habe, dich noch einmal wiederzusehen.« Er macht eine Pause und scheint zu überlegen.

Spark ärgert sich über Zaldrus' Worte, versucht jedoch, keine Miene zu verziehen. Auch wenn der Schmied ihm nicht beim Verzaubern helfen kann, hat er vielleicht nützliche Informationen, die ihm weiterhelfen könnten. Gespannt hält er den Atem an.

»Mein Bruder Grogerius lebt im südlichen Wüstendorf«, fährt Zaldrus schließlich fort. »Er ist auch Waffenschmied. Und ich weiß zufällig, dass er schon mal etwas mit einem Dreizack zu tun hatte. Da hast du deine Antwort. Und nun lass mich in Ruhe!«

Bevor Spark weiter nachhaken kann, drückt der Schmied ihm den Dreizack in die Hand und wendet sich wieder seiner Arbeit zu.

Wenigstens etwas, denkt Spark, während Kopernikus ein

empörtes Schnattern ausstößt. Obwohl der Schmied ihn gar nicht mehr beachtet, bedankt er sich kurz. Dann holt er Zora von der Wiese und reitet zur Gästehütte, um seine Habseligkeiten zu holen.

Er sammelt rasch alle Bücher und Karten zusammen, die noch verstreut am Boden liegen und prägt sich dabei gleich die Lage des Wüstendorfs ein. Es liegt am Ozean genau wie das Savannendorf, nur viel weiter südlich. Er muss einfach am Wasser entlangreiten, den Ozean zu seiner Rechten. Dann kann er das Dorf gar nicht verfehlen. Und wenn er sich beeilt, stehen seine Chancen gut, heute noch dort anzukommen.

Er verlässt das Savannendorf durch das Südtor in eine strahlend helle Mittagssonne, die ihm den Weg zum Wüstendorf weist.

Heilung

Die trockene Hitze macht Spark und seinen treuen Begleitern immer mehr zu schaffen. In regelmäßigen Abständen hält er an und bespritzt sich, Zora und Kopernikus mit Wasser. Das bringt wenigstens ein bisschen Abkühlung und muntert sie auf. Akazienbäume wachsen nur noch vereinzelt und verschwinden ganz, als die Landschaft in eine kahle, trockene Wüste übergeht. Die ersten Kakteen lassen nicht lange auf sich warten. Es scheinen die einzigen Gewächse zu sein, die hier gedeihen können. Immer wieder sieht Spark kleine verdorrte Büsche, die wohl an weniger heißen Tagen versucht hatten, in der Wüste zu wachsen. Nur sehr selten entdeckt er andere Lebewesen. Manchmal huschen kleine Hasen über den warmen Sand, aber sie sind schnell wieder verschwunden. Er hätte nie gedacht, dass die Wüste so bedrückend sein kann. Er fühlt sich einsam, und der Ozean kommt ihm mehr und mehr wie eine ferne, vergessene Welt vor, abgeschottet durch eine unsichtbare Grenze, die man nur mit einiger Mühe überwinden kann. Ein bizarrer Gedanke, dass nur ein kleines Stück weiter Pflanzen und Tiere unter Wasser gedeihen, während hier an der Oberfläche alles vertrocknet ist und stirbt.

Spark reitet eine ganze Weile durch diese eintönige Landschaft. Zora ist mittlerweile dazu übergegangen, nahe am

Strand zu laufen, wo immer wieder Wasser um ihre Beine spritzt.

Das Wüstendorf liegt umgeben von hohen Sanddünen, die trotz der gnadenlosen Sonne wenigstens ein bisschen Schatten spenden. Die Häuser fügen sich nahtlos in ihre Umgebung ein. Sie bestehen fast komplett aus Sandstein und haben flache Dächer, aus denen an manchen Stellen kleine Zinnen ragen. Die Gebäude sind im orientalischen Stil erbaut, kleine Kakteen schmücken die Vorgärten. Im abendlichen Licht der Sonne scheinen die Gebäude fast orange zu sein.

Spark ist froh, dass es langsam etwas kühler wird. Der Ritt durch die Wüste, wo er und seine Gefährten ohne einen Baum weit und breit gnadenlos der Sonne ausgeliefert waren, hat ihnen ganz schön zugesetzt.

Trotz der untergehenden Sonne sind viele Dorfbewohner noch im Freien beschäftigt, als Spark durch das Tor ins Dorf reitet. Sie arbeiten auf den Feldern entlang der Mauer und bewässern die Pflanzen. Spark steigt von Zora ab, streichelt Kopernikus zur Aufmunterung und läuft zu den bunten Feldern hinüber. Die Bauern schauen überrascht auf, als sie ihn bemerken.

»Kann ich dir helfen?«, fragt einer von ihnen und kommt Spark mit einem vollen Wassereimer in der Hand entgegen.

Spark begrüßt den Bauern freundlich. »Mein Name ist Spark. Ich komme aus dem Taigadorf im Norden und habe eine lange Reise hinter mir. Ich wurde von Zaldrus, dem Waffenschmied aus dem Savannendorf, zu euch geschickt. Er sagte, dass sein Bruder Grogerius mir eventuell helfen kann. Weißt du vielleicht, wo ich ihn finde?«, fragt Spark und versucht gleichzeitig, Zora zu beruhigen, die ihn immer wieder anstupst. »Und ich bräuchte etwas Wasser für meine Tiere, wenn das nicht zu viel verlangt ist«, fügt Spark hinzu. Er mag es nicht, in fremden Dörfern um Ressourcen zu bitten, ohne etwas zum Tausch anbieten zu können, aber ihm bleibt nichts anderes übrig.

Zum Glück nickt der Bauer freundlich. »Ich bin Emil. Hier, lass dein Pferd trinken, dann zeige ich dir, wohin du gehen musst.« Er stellt den Eimer vor Zora ab, die sofort den Kopf hineinsteckt, während Kopernikus aufgeregt um sie herumflattert.

Spark ist erleichtert und erklärt Emil in knappen Worten den Grund für seine Reise. Der Bauer hört gespannt zu und führt Spark und seine Begleiter dann zu einem eingezäunten Bereich am Rand des Dorfes, in dem sich ein paar Tiere befinden. Eine kleine Scheune schützt sie am Tag vor der Sonne.

»Hier kannst du dein Pferd unterbringen. In der Scheune gibt es immer genug Wasser und Stroh«, sagt Emil und öffnet das Zauntor. Zora scheint das Zeichen zu verstehen und trottet in das Gehege. Schnurstracks läuft sie in die Scheune, um sich auszuruhen. Kopernikus bleibt lieber bei Spark und hockt sich auf seine Schulter.

»Gleich dort drüben liegt Grogerius' Schmiede.« Emil deutet auf ein Haus, dessen Tür offen steht, wahrscheinlich um die kühle Abendluft hereinzulassen. »Er freut sich bestimmt über die Abwechslung. Ich muss jetzt aber noch mal zu den Feldern zurück, bevor es dunkel wird. Viel Erfolg!«

Spark bedankt sich, wischt sich den Schweiß von der Stirn und geht zur Schmiede, aus der gerade ein Mann tritt, der wie ein Pirat aussieht. Das linke Auge ist von einer schwarzen Augenklappe verdeckt, seine dunkle Kleidung ist schmutzig und abgenutzt. Als Spark näher kommt, mustert der Mann ihn neugierig.

»Bist du Grogerius, der Schmied dieses Dorfes?«, ruft Spark ihm entgegen.

»Der bin ich. Und wer will das wissen?«

Während Spark sich vorstellt und von seiner Mission erzählt, nimmt er den Rucksack ab und holt den Dreizack heraus.

Der Schmied reißt sein Auge auf und stößt einen überraschten Laut aus. »So ein Ding hatte ich ja schon seit Jahren nicht mehr in den Händen. Eine gute Waffe, das kann ich dir sagen. Darf ich?«

Bereitwillig reicht Spark ihm den Dreizack, schließlich hofft er auf die Hilfe des Schmieds.

Grogerius inspiziert die Waffe begeistert und berührt mit den Fingern die Spitzen. »Und den hast du selbst erbeutet? Alle Achtung! Ich habe nur noch nicht ganz verstanden, wie ich dir jetzt weiterhelfen kann.«

»Um über die Schlucht zu kommen, die ich gerade erwähnt habe, brauche ich Tränke, die ich als Suppe von den Pilzkühen bekomme. Dazu muss ich eine Pilzkuh verwandeln, doch das geht nur mit einem Blitz. Wenn du mir hilfst, diesen Dreizack zu verzaubern, kann ich damit bei Gewitter auf Kommando Blitze schießen.«

Grogerius nickt. »Ah, verstehe. Deshalb hat mein Bruder dich zu mir geschickt. Tatsächlich habe ich vor vielen Jahren einen Dreizack verzaubert, aber damals hatte ich ein Buch mit der genauen Anleitung. So eine Verzauberung ist nämlich kein Kinderspiel.«

»Und wo ist dieses Buch?«

»Genau da liegt das Problem. Man kann es nur einmal benutzen. Ich weiß aber, dass Tian, unser Bibliothekar, noch ein Exemplar in seiner Sammlung hat. Doch der ist seit einiger Zeit, sagen wir mal, außer Gefecht gesetzt.«

Spark schaut den Schmied verwirrt an. »Was soll das heißen?«

»Na ja, vor einigen Wochen wurde unser Dorf von Zombies angegriffen. Es waren so viele, dass unsere Golems nicht alle auf einmal beseitigen konnten. Tian wurde von einem der Zombies erwischt. Seitdem ist er krank und lässt niemanden an seine Bücher heran. Komm, ich zeige dir am besten, was ich meine.«

Grogerius führt Spark zu einem Haus, das verlassen in einer Ecke des Dorfes steht und schon von weitem etwas Unheimliches ausstrahlt.

»Zu unserem Schutz mussten wir ihn einsperren. Niemand weiß, wie sich seine Krankheit entwickelt«, erklärt der Schmied und deutet auf die Tür. Einige Bretter haben Löcher, durch die Spark einen Blick ins Innere werfen kann. Mittlerweile hat der Mond die Sonne abgelöst. Sein Licht fällt durch ein paar vergitterte Fenster und offenbart eine zusammengekauerte Gestalt am Boden. Durch das Holz dringt ein modriger Geruch, der Spark fast zum Würgen bringt.

»Tian wurde nach dem Angriff sehr schnell krank. Er hat angefangen zu sabbern, und reden konnte er auch nicht mehr. Aus seinem Mund kam nur noch ein merkwürdiges Blubbern, und seine Haut wurde grün und dünn. An manchen Stellen ist sie richtig eingefallen. Irgendwann kam der furchtbare Geruch dazu und Tian ging auf andere Dorfbewohner los. Uns blieb nichts anderes übrig, als sein Haus von außen zu verriegeln. Seitdem kauert er da drin auf dem Boden, doch sowie jemand versucht, die Tür zu öffnen, greift er an. Wir wissen nicht, wie wir ihm helfen können.«

Als Spark sich wieder umdreht, stößt er versehentlich einen Eimer um. »Mist«, stößt er noch aus, da kracht es auch schon so heftig von innen gegen die Tür, dass Kopernikus aufflattert.

Erschrocken stolpert Spark zurück. Das Poltern wird immer stärker, so dass er sich nicht gewundert hätte, wenn die Tür aus den Angeln geflogen wäre. Doch zum Glück hält sie stand. Grogerius zuckt nur hilflos mit den Schultern.

Nach kurzer Zeit hört das Poltern schlagartig auf, und Spark wirft erneut einen vorsichtigen Blick durch das Loch. Seine Nase hat sich ein wenig an den Geruch gewöhnt, so dass er sich auf die Details konzentrieren kann.

Tian steht nicht weit von der Tür entfernt mit ausdruckslosem Gesicht im Mondlicht. Seine rote Stoffmütze ist zerrissen und hängt schief vom Kopf, seine Brillengläser sind angeknackst, und der ehemals weiße Kittel ist schmutzig und ranzig. Spark wird flau im Magen.

»Lass uns zurückgehen«, schlägt Grogerius flüsternd vor.

Sobald sie sich ein paar Schritte vom Haus des Bibliothekars entfernen haben, kann Spark wieder klarer denken und vor allem besser atmen.

»So etwas habe ich noch nie gesehen«, gibt er zu.

»Wir auch nicht. Das ist ja gerade das Problem. Niemand weiß, wie wir ihn heilen können. Wir kommen ja nicht mal an seine Bücher heran. Dann könnten wir darin vielleicht nach einer Heilmethode suchen.« Grogerius seufzt. »Wir haben sogar schon den Bibliothekar des Savannendorfes gefragt, aber auch er hatte auf Anhieb keine Lösung. Er hat jedoch versprochen, in seinen Büchern nachzuschauen. Bisher leider ohne Erfolg. Aber mein Jammern hilft uns jetzt auch nicht weiter. Außerdem ist es schon spät. Du kannst gern bei mir übernachten, ich habe ein freies Zimmer, in dem früher mein Bruder gewohnt hat.«

Spark nimmt das Angebot gern an. Erst jetzt wird ihm bewusst, wie erschöpft er ist.

Kurz darauf betritt er mit Grogerius die Schmiede. Der Bereich im Erdgeschoss ist der Arbeit gewidmet. Es gibt einen großen Kessel, unter dem ein Feuer knistert, und einen steinernen Trog. An den Wänden und von der Decke hängen die verschiedensten Werkzeuge, mit denen der Schmied Waffen herstellen kann.

Eine kleine knarrende Holztreppe führt ins Obergeschoss, wo Spark in einem gemütlichen Nebenzimmer die Nacht verbringen kann. Grogerius stellt ihm eine Schale mit Essen und eine Flasche Wasser auf den Tisch am Fenster. Er holt sogar noch eine kleine Holzschale mit Wasser für Kopernikus. Zufrieden planscht der Papagei, während Spark seinen Rucksack auf den Stuhl stellt. Dabei fallen ihm die Bücher ein, die er sich von Margret geliehen hat. Sofort ist Spark wieder hellwach. Darin könnten doch auch Rezepte für Heiltränke stehen, überlegt er. Hastig zieht er *Die Enzyklopädie der Verzauberungen* heraus, hockt sich auf das Bett und blättert durch die Seiten. Komplizierte Erklärungen und lange Texte säumen das vergilbte Papier. Weiter hinten verändert sich jedoch die Schrift, und Spark merkt, dass diese Seiten einfach nur im Buch klemmen. Offenbar gehörten sie ursprünglich gar nicht dazu. Zunächst versteht er nicht so richtig, was er da liest, dann setzt er sich so abrupt auf, dass Kopernikus vor Schreck aus seiner Wasserschale purzelt.

»Kopernikus, das glaubst du nicht!«, ruft er aufgeregt, während er vom Bett aufsteht und mit dem Buch in der Hand unruhig auf und ab geht.

Der Papagei setzt sich auf Sparks Schulter und schüttelt sein Gefieder aus. Doch Spark merkt die kleinen Wassertropfen gar nicht. Er ist zu sehr in die Seiten vertieft, auf denen ein grüner, schleimiger Zombie abgebildet ist – aber kein gewöhnlicher Zombie. Nein! Dieser hier sieht ein bisschen anders aus und trägt andere Kleidung, die an einen Dorfbewohner erinnert. Unter dem Bild steht in krakeliger Schrift: *Zombifizierung – Die Heilung.*

Spark kann es nicht fassen. Hat er soeben die Lösung für sein Problem gefunden? Aufgeregt liest er weiter. Den Erklärungen zufolge können Dorfbewohner, die von einem Zombie infiziert wurden, mit Hilfe eines goldenen Apfels geheilt werden, der sich aus einem Apfel und Goldbarren herstellen lässt. Weil es zu gefährlich ist, dem kranken Dorfbewohner zu nahe zu kommen, braucht man zusätzlich einen Wurftrank, der den Infizierten schwächt. Dazu werden folgende Zutaten benötigt: Schwarzpulver, Spinnenauge, Zucker, brauner Pilz. Spark atmet erleichtert auf, da keine Zutat aus dem Nether dabei ist.

Das dürfte nicht allzu schwierig werden, denkt er. Ein paar Äpfel hat er noch in seinem Rucksack. Gold müsste er auftreiben können. Nur das Spinnenauge und das Schwarzpulver müsste er zur Not erbeuten. Aber dafür hat er seinen Dreizack – und inzwischen etwas Übung im Kampf gegen Monster.

Jetzt sollte er nur noch etwas Schlaf finden, um wieder Kraft zu tanken. Dabei kann er es kaum erwarten, Grogerius von seinem Fund zu berichten.

***

Als Spark am nächsten Morgen von Schritten in der Schmiede geweckt wird, springt er sofort aus dem Bett und läuft mit dem Buch nach unten.

»Ich habe eine Heilung für Tian gefunden!«, ruft er noch von der Treppe aus und legt das aufgeklappte Buch vor Grogerius' Nase auf den Tisch. »Hier, es ist ganz einfach!« Völlig überrumpelt starrt der Schmied auf das Buch. »Was sagst du da? Eine … eine Heilung?« Er hebt den Kopf und schaut Spark entgeistert an.

»Wenn wir es schaffen, Tian einen goldenen Apfel zu geben, sollte er sich wieder erholen. Hier steht, dass so ein Apfel eine heilende und regenerative Wirkung besitzt.«

»Aber wie sollen wir …«

»Ich weiß, was du sagen willst«, fällt Spark ihm ins Wort. »Auch dafür gibt es eine Lösung. Wir brauchen einen Wurftrank der Schwäche. Dann ist Tian nicht mehr so gefährlich, und wir kommen an ihn heran.«

Überwältigt von den guten Neuigkeiten muss Grogerius sich erst einmal setzen.

»Hör zu, ich werde mich auch um die Zutaten kümmern. Arbeitest du zufällig mit Gold und hast etwas davon gelagert?«

»Im Moment leider nicht. Ich benutze in meiner Schmiede eher Eisen«, antwortet Grogerius, der langsam seine Fassung zurückgewinnt. »Aber hier in der Nähe gibt es eine Gegend, die nur aus rotem Sand und farbigem Ton besteht. Dort liegt eine Mine, in der du nach Gold graben kannst. Du musst nur ein Stück in Richtung Süden reiten, bis du den roten Sand siehst. Aber nimm dich vor den Spinnen in Acht, wenn du die Mine betrittst. Die verstecken sich tagsüber gern in dunklen Ecken.«

Spark nickt. Wenn er diese Aufgabe erledigt, kann der Schmied den Dreizack verzaubern. Dann muss er nur noch die Pilzkühe finden und auf ein Gewitter warten. Zogrit, halte durch, denkt er. Ich schaffe es über die Schlucht und rette dich!

Während Spark noch eine kleine Stärkung zu sich nimmt, wandert sein Blick schon durch das Fenster in die Ferne, wo das nächste Abenteuer auf ihn wartet.

***

Der Schmied drückt Spark noch eine alte Eisenspitzhacke in die Hand. Damit kann er zur Not graben, falls er in der Mine keine alten Werkzeuge findet. Er befestigt die Spitzhacke an Zoras Sattel, bedankt sich bei Grogerius und macht sich auf den Weg.

Schon nach etwa einer halben Stunde entdeckt Spark in der Ferne den roten Sand. Am Horizont erheben sich hohe Berge aus gelbem, rötlichem und braunem Ton. Es sieht aus, als wäre er auf einem anderen Planeten gelandet. Die Mine ist auch nicht zu übersehen. In einer der Felswände klafft ein großes dunkles Loch, in das alte Schienen führen. Darauf stehen einige kleine Loren aus rostigem Metall, mit denen Gestein und Erze hinaustransportiert wurden. Durch die grelle Sonne kann Spark ansonsten kaum etwas in dem dunklen Höhleneingang erkennen. Doch Kopernikus hat schärfere Sinne. Als der Papagei aufgeregt zu zischen beginnt, weiß Spark sofort, was das bedeutet. Er kneift die Augen zusammen und schirmt mit einer Hand das Sonnenlicht ab. Da bemerkt er plötzlich eine Bewegung. Eine Kreatur versteckt sich im Inneren der Höhle! Spark kann sie nicht genau erkennen, aber aufgrund der Silhouette vermutet er, dass es sich um eine große Spinne handelt – was sogar gut wäre, denn für den Schwächetrank braucht er ein Spinnenauge.

Er gleitet von Zoras Rücken und schnappt sich den Dreizack. Geduckt rennt er zum Höhleneingang. Er hat schon Plünderer bekämpft und Ertrunkene abgewehrt, da macht ihm so eine Spinne auch keine Angst mehr. Obwohl dieses Exemplar besonders groß und haarig zu sein scheint. War ja klar. Zum Glück muss er ihr dank des Dreizacks nicht zu nah kommen. Mit einem schwungvollen Wurf trifft er die Spinne. Sie zappelt noch kurz und bleibt dann erledigt liegen. Das Schlimmste ist eher, die Augen zu ernten. Aber Spark überwindet seinen Ekel und konzentriert sich auf sein Ziel. Er tut das alles nicht nur für Zogrit, sondern auch zum Wohle seines Dorfes. Also macht er sich an die unliebsame Aufgabe, der Spinne die Augen zu entfernen. Seine Beute von acht Augen steckt er in den Beutel, den er am Gürtel trägt. Er braucht zwar für den Trank nur ein Auge, aber es ist immer gut, einen Vorrat zu haben, falls etwas schiefgeht. Ein paar Augen kann er ja im Dorf lassen, falls die Zombies noch einmal angreifen und ein anderer Bewohner geheilt werden muss.

An das Schwarzpulver heranzukommen, ist wieder etwas schwieriger, weil die schleichende Kreatur – wie der Name schon sagt – keinen Ton von sich gibt. Also kann Kopernikus ihn diesmal auch nicht vorwarnen. Aber Spark ist wie immer bestens vorbereitet. Er holt eine Fackel aus seinem Rucksack und leuchtet die Umgebung ab. Die Wände des Minenschachts sind mit Holzgerüsten abgestützt, hin und wieder hängen alte Laternen an der Wand. Leider sehen sie nicht so aus, als könnten sie noch Licht von sich geben. Aber die Fackel sollte vorerst reichen.

Spark beschließt, Zora mit in die Mine zu nehmen. Er braucht ihr sicheres Gespür, um in der Dunkelheit nicht von weiteren Kreaturen überrascht zu werden. Außerdem kann er nicht alles tragen, was er für seine Mission braucht. Mit der Fackel in der Linken und dem Dreizack in der Rechten bleibt für die Spitzhacke keine Hand mehr frei. Zora trottet ihm bereitwillig hinterher, vielleicht auch, weil es ihr draußen im heißen Sand einfach zu warm war. In der dunklen Höhle ist es wenigstens angenehm kühl, auch wenn es etwas seltsam riecht. Aber das haben alte, verlassene Minen wohl so an sich, denkt Spark. An den Wänden gibt es große Löcher, aus denen Erze geschürft wurden. Leider ist weit und breit kein einziges Erz zu sehen, weshalb er tiefer und tiefer in die Mine geht. Der Tunnel ist noch lange nicht zu Ende, deshalb hofft er, weiter hinten auf Erzvorkommen zu stoßen.

Nach kurzer Zeit teilt sich der Tunnel in drei Richtungen. Es geht geradeaus, rechts oder links weiter. Langsam gruselt sich Spark in der dunklen Höhle, und er will auf keinen Fall von Monstern überrascht werden. Vorsichtig schaut er um die Ecken, doch es ist nichts zu sehen. Kopernikus hockt still auf seiner Schulter und schaut sich mit großen Augen um, da er nicht gut genug sehen kann, um vorauszufliegen. Er folgt dem Tunnel noch ein kleines Stück geradeaus, bis dieser eine Biegung macht. Zora ist bisher friedlich hinter Spark her getrottet, doch nun bleibt sie alarmiert stehen. Er klemmt den Dreizack unter den Arm und legt beruhigend eine Hand an ihren Hals. Vielleicht hat sie etwas hinter der Kurve gehört? Langsam dringt er weiter vor, wobei er die Fackel weit ausgestreckt hält, um möglichst viel Licht zu machen. Plötzlich wankt ein Monster um die Ecke. Spark und Kopernikus zucken vor Schreck zusammen. Zuerst sieht Spark nur dicke, grüne, klumpige Füße, aber er weiß trotzdem, was da auf ihn zukommt. Ein Creeper! Er hat die grünen hässlichen Kreaturen zwar schon oft auf Bildern gesehen, stand bis jetzt aber noch nie einem echten direkt gegenüber. Zum Glück ist noch genügend Abstand zwischen ihnen. Spark weicht schnell ein paar Schritte zurück, denn er weiß, dass der Creeper nur auf eines aus ist: zu explodieren.

Mit aller Kraft, die er in diesem Moment aufbringen kann, wirft Spark den Dreizack nach ihm, begleitet von Kopernikus' lautem Schimpfen. Der Creeper ist so langsam, dass er nicht ausweichen kann – und ohne Arme hat er auch keine Möglichkeit, den Angriff abzuwehren. Sein einziger Vorteil ist seine Fähigkeit, sich lautlos an sein Opfer heranzuschleichen, bevor er explodiert. Doch dieser Vorteil nutzt ihm diesmal nichts. Spark hätte den Dreizack gar nicht so stark werfen müssen. Vielleicht spielt in der Dunkelheit doch mehr Adrenalin eine Rolle, als er dachte. Der Creeper stolpert durch die Wucht nach hinten und knallt mit dem Dreizack im Körper gegen die Tunnelwand, wo er zusammensackt und reglos liegen bleibt. Als sich Spark sicher ist, dass keine Gefahr mehr droht, zieht er den Dreizack heraus und sammelt das Schießpulver auf, das der Creeper fallen gelassen hat. Er verstaut es in dem Beutel an seinem Gürtel und macht in Gedanken einen weiteren Haken auf seiner Liste.

Jetzt muss er nur noch etwas Gold finden. Spark schaut zur Sicherheit um die Ecke, ob sich dort noch mehr Monster verstecken. Doch er sieht nur Steine und Geröll. Der Gang ist an dieser Stelle verschüttet. Er tritt näher heran und leuchtet mit der Fackel durch einen Spalt zwischen den

Steinen. Dahinter schimmert etwas. Es sieht so aus, als gäbe es hinter dem Geröll noch massig Erze. Kopernikus setzt sich neugierig auf einen Stein und betrachtet die glitzernden Erze. Spark versucht, mit der Spitzhacke einige Steine zu lockern und wegzuräumen, doch drei besonders große Brocken haben sich verkantet und blockieren den Durchgang. Zora stupst ihn an der Schulter an und bläst ihm durch ihre Nüstern Luft ins Gesicht. Er überlegt, ob sie ihm damit etwas sagen will. Oder macht sie sich nur über ihn lustig, während sie dabei zusieht, wie er in dieser dunklen, staubigen Höhle versucht, ein bisschen Gold zu finden?

»Was ist, lachst du mich aus oder willst du mir helfen?«, fragt Spark neckisch.

Zora stupst ihn weg und beginnt, mit ihren Hinterbeinen gegen die Steine zu treten. Dabei schaut sie Spark mit einem Ausdruck an, als wollte sie sagen: »Ist doch ganz leicht, siehst du?«

Und tatsächlich, mit ihren starken Hinterbeinen schafft sie es, die Steine ins Rollen zu bringen. Dahinter eröffnet sich das reinste Paradies. Funkelnde und glitzernde Erze, so weit das Auge reicht.

»Tja, anscheinend hatte bis jetzt niemand so ein intelligentes Pferd.« Spark schmunzelt und tätschelt Zoras Hals. Die Stute schnaubt vergnügt und sieht ihn belustigt an, als wäre das alles keine große Herausforderung gewesen.

Als Spark sich umschaut, entdeckt er Eisen und sogar ein besonderes Erz, das nicht weit entfernt tiefblau funkelt. Auch Gold gibt es jede Menge. Er holt mit der Spitzhacke so viel Gold aus der Wand, wie er braucht, wobei er aufpasst,

dass er keine tragenden Felsen erwischt, die bei einer Beschädigung die Höhle zum Einsturz bringen könnten.

Zusätzlich nimmt er etwas von dem blauen Erz mit, obwohl er nicht genau weiß, was er da in den Händen hält. Auf jeden Fall gibt es ein schönes Souvenir ab. Das Gold verstaut Spark in seinem Rucksack. Es ist schwerer, als er erwartet hätte, und zieht den Stoff ganz schön nach unten, aber das stört Spark nicht. Er hat alle Zutaten bekommen, die er noch für den Trank braucht. Zucker und Pilze hat Grogerius in seiner Speisekammer.

»Nichts wie raus hier«, sagt Spark erleichtert und tritt mit seinen beiden Kameraden den Weg zurück zum Dorf an.

***

Spark trifft Grogerius vor seiner Schmiede. Er muss gar nichts sagen, denn der Schmied erkennt an seinem Gesichtsausdruck sofort, dass er erfolgreich war.

»Na, dieses Grinsen kann ja nur eines bedeuten«, meint er. Zur Bestätigung hält Spark den Beutel in die Höhe. Grogerius nimmt ihm den Beutel und den Rucksack ab, so dass Spark leichter absteigen kann.

»Ich bin schon richtig aufgeregt. Lass uns gleich anfangen«, sagt Spark euphorisch.

Der Schmied bringt die Sachen in die Schmiede und holt das Gold aus dem Rucksack. Er hängt den großen Kessel über die glühenden Kohlen, legt das Gold vorsichtig hinein und bringt es langsam zum Schmelzen.

»Ich habe die restlichen Zutaten für den Trank schon bereitgelegt«, sagt er währenddessen und deutet auf die Arbeitsfläche.

Spark nickt und steckt die Pilze und den Zucker zu den anderen Zutaten in den Beutel. Dann holt er einen Apfel aus seinem Rucksack und legt ihn auf den Tisch, damit Grogerius ihn verwandeln kann. Als das Gold flüssig ist, nimmt der Schmied ihn mit einer Zange hoch und hält ihn in das Goldbad, wo er ihn hin und her dreht, damit er gleichmäßig von allen Seiten beschichtet werden kann. Kleine bunte Funken steigen aus dem Kessel auf.

»Ich glaube, es funktioniert«, sagt Grogerius und nickt in Richtung des Apfels.

Spark beugt sich über den Kessel und ist überrascht, wie wenig Gold nur noch darin vorhanden ist. Anscheinend wird das flüssige Gold bei der Berührung mit dem Apfel irgendwie verwandelt oder aufgesaugt. Wie auch immer dieser Vorgang funktioniert, er funktioniert, so viel steht fest. Auch Kopernikus ist von dem Anblick überrascht und klappert staunend mit dem Schnabel.

»Während ich mich darum kümmere, dass der Apfel fertig wird, könntest du schon mal zu Aurora gehen, unserer Geistlichen. Sie wohnt nur ein paar Häuser von hier entfernt in westlicher Richtung. Sie weiß schon Bescheid und wird sich darum kümmern, den Wurftrank der Schwäche zu brauen. Wir treffen uns dann am besten vor Tians Haus«, schlägt der Schmied vor.

Spark willigt ein und macht sich sofort mit Kopernikus auf den Weg, während Zora im Schatten der Hütte zurückbleibt.

Aurora ist gerade in ihrem Garten beschäftigt, als er bei ihr ankommt. Dass sie die Geistliche des Dorfes ist, erkennt er gleich an ihrer farbigen Kleidung, die aus gelben, orangefarbenen und grünen Stoffen besteht. Auf dem Kopf trägt sie eine helle Mütze mit kleinen, orangefarbenen Fransen. Bevor Spark sie begrüßen und sich vorstellen kann, hat sie schon ihre Hände abgeklopft und kommt ihm entgegen.

»Du bist Spark, nicht wahr? Grogerius hat mir alles erzählt. Du kannst dir gar nicht vorstellen, wie sehr ich mich für Tian freue. Komm, komm, wir machen uns sofort an die Arbeit!« Sie wedelt Spark mit freundlichen Gesten in ihre Hütte aus Sandstein. Spark staunt über die vielen Zutaten, die sie dort zum Brauen von Tränken aufbewahrt. Doch Aurora zieht ihn gleich weiter zu ihrem Braustand, wo schon mehrere kleine Flaschen bereitstehen. Spark bindet den Beutel von seinem Gürtel.

»Hier ist alles drin, was wir brauchen. Schwarzpulver, Spinnenaugen, Zucker und Pilze. Und hier ist auch das Rezept und die genaue Anleitung«, sagt er und kramt Margrets Buch aus seinem Rucksack. Er schlägt die richtige Seite auf und zeigt sie Aurora.

»Ah, ich sehe schon. Das Spinnenauge müssen wir zuerst noch mit dem Zucker und den braunen Pilzen fermentieren. Am besten machen wir das gleich mit allen Augen, dann haben wir einen Vorrat.«

Spark nickt und schaut zu, wie Aurora eifrig mit der Arbeit beginnt. Sie gibt alle acht Augen zusammen mit der richtigen Menge Zucker und acht braunen Pilzen in einen Kessel und beginnt zu rühren. Nach kurzer Zeit verbreitet sich in der kleinen Hütte ein leicht unangenehmer Geruch, doch Aurora scheint höchst zufrieden zu sein.

»Das riecht immer so. Es ist nicht das erste Mal, dass ich mit fermentierten Spinnenaugen arbeite, obwohl das nicht oft vorkommt. Es gibt weder den Bedarf, noch die Spinnenaugen.« Aurora lacht. »Umso mehr freut es mich, dass du acht Augen mitgebracht hast.«

»Ich hatte wirklich Glück«, erwidert Spark. »Dank des Dreizacks konnte ich die Spinne aus sicherer Entfernung erlegen. Die Augen rauszuholen war dann zwar ziemlich eklig, aber nicht schwer.« Spark ist immer noch froh, dass er die fette haarige Spinne nicht im Nahkampf besiegen musste. Bei dem Gedanken bekommt er sofort wieder eine Gänsehaut.

»So, die Augen sind einsatzbereit«, meint Aurora und holt sie aus dem Kessel, während ihr Spark noch das Schwarzpulver reicht. Mit geübten Handgriffen stellt sie am Braustand zur Sicherheit gleich drei Wurftränke her, damit niemand dem kranken Tian zu nahe kommen muss. Nach kurzer Zeit und ein wenig Zischen und Gluckern ist sie fertig.

»Hier«, sagt Aurora und hält Spark einen der Tränke hin. Neugierig inspiziert er die kleine Glasflasche aus der Nähe. Sie unterscheidet sich kaum von normalen Wasserflaschen, nur der Inhalt scheint irgendwie dickflüssiger zu sein, und ein tiefblaues Leuchten geht davon aus.

»Das ist alles?«, fragt er verwundert und hält die kleine Glasflasche gegen das hereinfallende Licht.

»So ist es«, meint Aurora stolz und stemmt die Hände in die Hüfte. »Falls du danebenwirfst oder die Wirkung nicht ausreicht, weißt du ja, wo du eine Reserve findest.« Aurora lacht wieder.

»Möchtest du denn gar nicht mitkommen?«, will Spark wissen. »Grogerius wartet bestimmt schon auf uns.« Er wirft Aurora einen fragenden Blick zu, während er das Buch wieder in seinen Rucksack steckt. An ihrer Stelle würde er sich so ein spannendes Ereignis nicht entgehen lassen.

»Meinst du? Also … na dann … ja, ich würde sehr gern mitkommen! Tian ist ein guter Freund«, erwidert Aurora aufgeregt.

Wenig später kommen sie bei Tian an. Grogerius lehnt, wie erwartet, an der hellen Hauswand. In seiner Hand glitzert der goldene Apfel.

»Dann bin ich jetzt aber mal gespannt«, sagt der Schmied

und mustert neugierig den Trank. »Ich würde vorschlagen, wir werfen die Flasche durch das Dachfenster. Es wäre zu riskant, die Tür aufzumachen.«

Spark und Aurora nicken zustimmend. Da Spark den Trank in der Hand hält, klettert er damit geschwind an einer Leiter auf das Dach hinauf, während Kopernikus neugierig Kreise über ihm dreht. Das Haus ist nicht sehr hoch, daher macht es Spark auch nicht viel aus. Durch die vielen Ereignisse des Tages hat er das Gefühl, dass es schon längst Abend sein müsste. Doch seit der Aktion in der Mine heute Morgen sind erst wenige Stunden vergangen, und die Mittagssonne hat gerade erst ihren Höhepunkt erreicht. Durch das gleißende Licht kann er Tian gut erkennen. Vorsichtig öffnet er das Dachfenster und zielt auf den Bibliothekar, der am Boden kauert. Er wirft den Trank mit aller Kraft und trifft Tian am Rücken, der sofort aufspringt und wütend zu schreien und zu gurgeln beginnt. Dann bricht er am Boden zusammen und wälzt sich hin und her. Spark lässt das Fenster zufallen und klettert schnell wieder nach unten, wo sich Kopernikus zurück auf seine Schulter setzt.

Grogerius hält ihm den Apfel hin. »Wir haben es nur dir zu verdanken, dass Tian eine Chance auf Heilung hat. Du solltest derjenige sein, der die Ehre hat, ihn zu erlösen.«

Spark schaut zu Aurora, die nur zustimmend nickt. Also nimmt er den Apfel entgegen, der sich überraschend echt anfühlt. Obwohl das Gold ausgehärtet ist und glänzt, hat der Apfel seine Konsistenz nicht verloren. Wie das möglich sein soll, kann er sich nicht erklären, aber es ist ihm im Moment auch ziemlich egal. Er ist einfach nur froh, dass er Tian helfen kann, damit dieser ihm dann hoffentlich im Gegenzug ebenfalls hilft. Also wartet er geduldig ab, bis Grogerius die Tür entriegelt hat und leise für ihn öffnet. Tian liegt so geschwächt am Boden, dass er nicht viel ausrichten kann. Trotzdem schleicht Spark mit vorsichtigen Schritten auf ihn zu. Direkt vor Tian geht er in die Hocke und steckt ihm den Apfel in den Mund. Doch Tian beginnt nicht zu kauen. Also drückt er mit einer Hand Tians Kinn zu und zerquetscht damit den Apfel, bis goldener Apfelsaft am Mundwinkel des Bibliothekars herabtropft. Tian liegt noch einen Augenblick lang ganz still da, dann beginnt er so heftig zu zucken und zu zittern, dass Spark erschrocken zurückstolpert. Rasch rappelt er sich auf und läuft zur Tür. Kopernikus flattert ebenfalls erschrocken umher und beschließt dann, sich vor dem Haus auf einen Baum zu setzen. Spark, Aurora und Grogerius beobachten besorgt von der Türschwelle aus den zuckenden und sich windenden Tian.

»Was, wenn es nicht geklappt hat?«, fragt der Schmied besorgt.

Spark schüttelt den Kopf. »Das kann nicht sein. Vielleicht brauchen wir einfach ein bisschen Geduld. Immerhin war Tian lange krank.«

Also warten sie ab. Die Stimmung ist zum Zerreißen gespannt. Nach ein paar Minuten, die sich wie Stunden anfühlen, hört Tian auf zu zucken, und die Farbe in seinem Gesicht normalisiert sich langsam.

Spark atmet erleichtert aus, während Aurora einen kleinen Freudenschrei ausstößt und Grogerius eine Träne über die Wange läuft. Plötzlich öffnet Tian seine Augen und schaut verwirrt an die Zimmerdecke.

Grogerius eilt zu ihm, bückt sich und versucht, ihn zu stützen.

»Gro… grog… grogerius?«, krächzt Tian. »Wa… was ist los?«

Grogerius schließt seine Freund in die Arme. Dann berichtet er ihm in Kurzfassung, was nach dem Angriff der Zombies mit ihm passiert ist, und dass er seine Heilung nur Spark zu verdanken hat.

Tian muss sich erst einmal sammeln, während ihm der Schmied auf die Beine hilft. Spark und Aurora haben nun ebenfalls das Haus betreten, finden aber keine Worte, um ihre Freude auszudrücken.

»Spark«, beginnt Tian. »Wie kann ich dir jemals danken?« Mittlerweile ist seine Haut wieder rosa anstatt grün und wirkt auch nicht mehr dünn und eingefallen. Er sieht wieder ganz normal aus. Auch der Gestank ist verschwunden.

»Na ja …«, sagt Spark mit einem verlegen Grinsen. »Es gibt da etwas, bei dem ich Hilfe bräuchte.«

Die vier setzen sich an den Tisch, und Spark erzählt seine Geschichte. Tian lauscht gespannt, und Auroras Augen weiten sich, als sie hört, was er schon alles erlebt hat.

»Natürlich werde ich dir helfen! Immerhin verdanke ich dir mein Leben«, ruft Tian froh. »Ich fühle mich wie neugeboren! Ich weiß auch genau, wo das Buch steht.« Sofort springt Tian auf.

Seine Hütte ist vollgestopft mit Büchern. Manche glitzern oder schimmern mysteriös, andere sind in einfaches Leder gebunden. Dort, wo die Regale keinen Platz mehr hergeben, stapeln sich die Bücher auf dem Boden. Es ist ein Wunder, dass der Bibliothekar den Überblick behält.

»Als Dank möchte ich dir das Buch schenken«, sagt er, als er kurz darauf zum Tisch zurückkommt. »Du musst mir nichts dafür geben.« Er streckt Spark ein dünnes, schimmerndes Buch entgegen. »In diesem Buch wird genau beschrieben, wie die Blitzverzauberung für deinen Dreizack funktioniert. Grogerius weiß dann, was zu tun ist.«

Spark schaut sprachlos auf das Buch.

»Danke, Tian«, springt Grogerius für ihn ein. »Die Zeit drängt, es ist schon nach Mittag. Und du willst dich bestimmt so schnell wie möglich wieder auf den Weg machen, Spark. Also komm, lass uns zur Schmiede gehen.«

Mit dem schimmernden Buch in der Hand steht Spark auf und bedankt sich bei Tian und Aurora. Er kann es kaum erwarten, den verzauberten Dreizack endlich in seinen Händen zu halten.

***

Kurz darauf schaut Spark interessiert dabei zu, wie Grogerius in der Schmiede arbeitet. Er kann zwar nicht nachvollziehen, was Grogerius genau macht, möchte ihn aber auch nicht mit seinen Fragen löchern. Nacheinander breitet der Schmied einzelne Seiten auf dem Dreizack aus und beginnt dann jedes Mal, mit dem Hammer auf die Seiten zu schlagen.

Irgendwie übertragen sich die mysteriösen Buchstaben mit jedem Hammerschlag auf den Dreizack. Er bearbeitet

die Waffe in einer genauen Reihenfolge, bis das Buch seinen Schimmer Stück für Stück verliert und an die Waffe abgibt. Zum Schluss verschwinden die Buchstaben, die sich in den Dreizack eingedrückt haben. Zurück bleibt nur eine Art magischer Glanz.

Schließlich hebt Grogerius den Dreizack zufrieden in die Höhe. »Fertig«, sagt er stolz und hält ihn Spark hin.

»Wahnsinn! Es war unglaublich spannend, dir zuzusehen«, sagt Spark und nimmt den Dreizack entgegen. »Jetzt fängt endlich die richtige Mission an!«

Grogerius gibt ihm zum Abschied noch grün glitzernde Smaragde mit und erzählt ihm, dass oft Händler am Dorf vorbeikommen, die ihre Waren gegen diese Edelsteine tauschen. Mit etwas Glück begegnet er unterwegs vielleicht einem Händler, der ihm etwas Nützliches anbieten kann.

Spark bedankt sich und verspricht, eines Tages zu Besuch zu kommen und von seinen Abenteuern zu berichten.

Am frühen Nachmittag macht er sich mit dem Dreizack und neuen Vorräten im Rucksack auf die Suche nach der Pilzgegend. Zora trabt ausgeruht los, Kopernikus flattert fröhlich voran.

Pilzkuh

Die Sonne brennt erbarmungslos vom Himmel herab. Es gibt weder Bäume, die Schatten spenden könnten, noch Flüsse oder Seen, die die Luft etwas abkühlen würden. Zora schleppt sich nur noch durch den heißen Sand. Der dicke Ledersattel macht das Ganze auch nicht gerade angenehmer. Spark füllt für sie und Kopernikus unterwegs mehrmals Wasser in eine Holzschale, die er immer bei sich trägt. Doch zu schnell kommt der Durst zurück, und Spark fragt sich, wie lange diese Hitze noch andauern wird. Immerhin reiten sie zurück in Richtung Nordosten. Früher oder später muss es wieder etwas kühler werden.

Plötzlich nimmt er Bewegungen in der Ferne wahr. Zuerst hält er sie für eine optische Täuschung, hervorgerufen durch das Flimmern über dem heißen Sand, dann erkennt er tatsächlich ein paar Silhouetten. Sind das Pferde? Nein, dafür stimmen die Proportionen nicht ganz. Wenn doch nur die Sonne nicht so grell auf den Sand strahlen würde, denkt er ärgerlich. Erst nach einigen Minuten sieht er deutlich eine Gestalt, die in blaue Gewänder mit goldenen und roten Akzenten gehüllt ist und zwei Lamas an einer Leine hinter sich herführt. Die Lamas sind an Kopf, Hals und Rücken ebenfalls mit schönen Stoffen geschmückt. Die kleine Gruppe kommt direkt auf Spark zu.

»Hallo, Reisender. Möchtest du dir meine Waren ansehen? Ich habe viele nützliche Dinge im Angebot«, verkündet der fahrende Händler.

»Äh … ja, wieso eigentlich nicht«, sagt Spark freundlich und ist insgeheim überrascht, dass Grogerius' Vorhersage so schnell eingetroffen ist. Er steigt von Zora ab, die neugierig an den Lamas schnuppert. Auch Kopernikus inspiziert die beiden begeistert. Anscheinend hat er noch nie ein Lama gesehen. Er flattert fröhlich durch die Luft und setzt sich demonstrativ auf den Rücken eines der Lamas.

Währenddessen öffnet der Händler die Taschen, die von den Tieren getragen werden, und zeigt ihm seine Waren: verschiedene Farbstoffe, Schwämme, eine Vielzahl von Blumen und einige kleine Setzlinge, die er wohl während seiner Reise eingesammelt hat.

Spark überlegt und zupft an seiner Unterlippe. Fehlt ihm noch etwas, um seine Mission erfolgreich durchzuführen? Er hat den verzauberten Dreizack. Er weiß, wo er die Pilzkühe findet. Er besitzt die nötigen Bücher, die ihm die Rezepte verraten. Aber was ist mit den Zutaten, die er der braunen Pilzkuh geben will? Anscheinend hat die Sonne dermaßen stark sein Gehirn verbrutzelt, dass er diese Tatsache vollkommen vergessen hat. Was bringt es ihm, wenn er eine Pilzkuh verwandelt und dann nicht die nötigen Blumen hat?

»Es gibt da tatsächlich etwas, was ich gerade dringend brauche«, meint er und schaut sich die Blumen genauer an. Sie ragen aus kleinen, mit Wasser gefüllten Glasflaschen und sehen nicht so aus, als würde ihnen die Hitze etwas ausmachen.

»Ich würde gern eine dieser Kornblumen nehmen«, sagt er schließlich und hat dabei das Bild aus Margrets Buch vor Augen.

»Oh, eine gute Wahl«, antwortet der Händler und zieht eine Kornblume aus dem Sortiment hervor. »Ich nehme zwei Smaragde dafür.«

»Natürlich.« Spark greift in seinen Beutel und händigt dem Händler zwei der Smaragde aus, die ihm Grogerius mitgegeben hat. Beim Anblick der verschiedenen Waren kommt ihm dann der Gedanke, dass der Händler mit Sicherheit auch an einsamen und verlassenen Gegenden vorbeikommt. Vielleicht weiß er etwas über die Plünderer oder kennt ihren Aufenthaltsort. Einen Versuch war es wert.

»Darf ich dir vielleicht noch eine Frage stellen?«

»Das hast du jetzt zwar schon, aber du kannst gern noch eine zweite Frage stellen«, gluckst der Händler in seiner guten Laune, die von der Hitze total unberührt bleibt.

»Vor einer Weile wurde ein Golem meines Dorfes von ein paar Plünderern verschleppt. Sie sind mit ihm irgendwo auf der anderen Seite der großen Schlucht im Norden verschwunden und haben die Brücke zerstört, so dass ich ihnen bis jetzt nicht folgen konnte. Nun habe ich eine Möglichkeit gefunden und will sie aufspüren, um unseren Golem zu retten. Du kommst doch viel herum. Hast du vielleicht etwas von Plünderern gehört?«

Der Händler nickt überrascht. »Ja, ja, ich komme gerade zufällig aus dem Norden«, beginnt er. »Ich habe die Schlucht überquert, um neue Waren zu besorgen. Als ich zurückwollte, war die Brücke nicht mehr da. Jetzt weiß ich auch endlich, wieso.« Der Händler schüttelt den Kopf. »Ich kann dir sagen, wo du die Plünderer vielleicht finden wirst.«

Spark hört aufmerksam zu.

»In der Nähe der großen Schlucht hat es in letzter Zeit viel mehr Angriffe auf Dörfer gegeben als sonst. Jedenfalls erzählt man sich das. Von einem entführten Golem höre ich auch nicht zum ersten Mal. Ich kenne ein Tundradorf, wo dasselbe passiert ist.«

Spark stockt der Atmen. Dann wurde also mindestens ein weiterer Golem verschleppt. Noch ein Grund, den Plünderern so schnell wie möglich auf die Spur zu kommen.

»Niemand weiß so richtig, wo die Plünderer plötzlich herkommen. Aber ich kann dir einen Tipp geben: Auf der anderen Seite der Schlucht habe ich etwas weiter nördlich der zerstörten Brücke einen seltsamen Turm entdeckt. Er sieht ganz eigenartig aus. Ein Gebäude wie dieses habe ich noch nie gesehen, dabei komme ich wirklich viel herum. Es steht mitten auf einer offenen Ebene und wirkt wie ein hohler Baumstamm auf einem großen Stein. Ich habe nur aus sicherer Entfernung einen Blick darauf geworfen, aber die Banner der Plünderer waren unverkennbar.«

Spark ist so aufgeregt, dass er gar nicht daran denkt, den Händler weiter auszufragen. »Danke, dass du mir das alles erzählt hast. Vielleicht kann ich nicht nur unseren Golem retten, sondern auch den aus dem Tundradorf!«, sagt er nur und verabschiedet sich mit einem Handschlag.

»Ich wünsche dir viel Glück!«, erwidert der Händler und begibt sich mit seinen beiden Lamas wieder auf die Reise.

***

Bis zum Abend schleppt sich Zora durch den heißen Sand, während Kopernikus auf Sparks Schulter hockt. Im grellen Licht der Sonne – ohne auch nur eine einzige Windböe – hat Spark das Gefühl, in einem riesigen Backofen zu stecken. Und die ganze Zeit geht ihm nicht aus dem Kopf, was er von dem Händler erfahren hat. Er ist sich ziemlich sicher, dass die beiden entführten Golems nicht die Einzigen sind. Immer wieder malt er sich aus, was ihn erwartet, wenn er endlich am Turm der Plünderer ankommt.

Als die Sonne langsam am Horizont versinkt und nicht mehr erbarmungslos auf den Sand knallt, kühlt es langsam ab. Im orangefarbenen Abendlicht erkennt er in der Ferne die Umrisse von Bäumen. Er kramt eine der Karten von Asterius aus seinem Rucksack und versichert sich, dass er in die richtige Richtung reitet. Nordöstlich der Wüste beginnt ein Waldgebiet mit zunächst nur vereinzelten Bäumen, die dann immer dichter wachsen. Die Silhouetten in der Ferne verraten Spark, dass es bis dorthin nicht mehr weit ist. Vor Einbruch der Dunkelheit sollten er und seine treuen Gefährten den Waldrand erreichen.

Langsam kämpfen sich auch die ersten Gräser einen Weg durch den Sand. Die Kornblume für die Sprungkraft bewahrt Spark in seinem Rucksack auf. Für die Schnelligkeit braucht er noch eine Mohnblume. Vielleicht gibt es ja noch andere Suppen, für die er bestimmte Blüten braucht. Falls er die roten Pilzkühe findet und eine verwandeln kann, sollte er jede Möglichkeit nutzen, um sich mit den hilfreichen Suppen auszustatten. Beim Zurückstecken der Karte holt er das kleine Botanikbuch aus dem Rucksack und blättert durch die Seiten. Tatsächlich fällt ihm noch eine nützliche Blume ins Auge, und zwar eine Margerite. Sie soll – nach dem gleichen Rezept wie bei den anderen Blumen – für Regeneration sorgen. Das würde ihm beim Kampf gegen die Plünderer auf jeden Fall einen weiteren, wichtigen Vorteil verschaffen. Immerhin trägt er keine Rüstung. Und wie er es beim Angriff auf das Osttor miterlebt hat, können die Plünderer sehr zielgerichtet mit ihren Armbrüsten schießen.

Mittlerweile reitet er zwischen den ersten Eichenbäumen hindurch. Zora schnauft erleichtert und schüttelt ihre Mähne im kühlen Wind, Kopernikus dreht fröhlich zwitschernd einige Runden über ihnen. Das Gras sieht nicht so aus, als würde es am Rand der Wüste viel Wasser bekommen, und es ist eher ockerfarben als grün. Dennoch ist es ein schönes Gefühl, die Wüste endlich hinter sich zu lassen. Trotz der untergehenden Sonne fällt noch ein angenehmes Licht durch das Blätterdach, so dass Spark auch im Wald noch etwas sehen kann. Als sie an einen kleinen Bach kommen, der sich zwischen den Stämmen hindurchschlängelt, steigt Spark ab und lässt Zora trinken. Auch Kopernikus flattert ans Ufer des kleinen Baches und bespritzt sein Gefieder mit kühlem Wasser. Unterdessen schaut sich Spark auf dem Waldboden um. Hinter einem Baum findet er ein paar Mohnblumen, deren knallrote Blüten ihm regelrecht entgegenleuchten. Ein Stück am Bach entlang entdeckt er einige Margeriten. Ihre reinweißen Blüten heben sich deutlich von der grünen Umgebung ab. Er entdeckt sogar ein paar Kornblumen und ärgert sich ein wenig, weil er sich zwei Smaragde hätte sparen können. Aber woher hätte er das wissen sollen? Als er den Händler getroffen hat, war das die klügste Entscheidung gewesen.

Generell wachsen in diesem Wald viele Blumen und Gewächse, und Spark entdeckt auch schon die ersten Pilze. Da es jedoch keine gute Idee ist, in der anbrechenden Dunkelheit im Wald herumzuspazieren, in dem garantiert ein paar Monster hausen, macht sich Spark mit Zora und Kopernikus wieder auf den Weg.

Es dauert nicht lange, bis sie die Birken und Eichen durchbrechen und eine Gegend betreten, die aussieht wie von einem anderen Planeten.

Auf großen, offenen Flächen stehen vereinzelt riesige Pilze. Einige haben einen roten Hut mit weißen Punkten, andere tragen einen braunen, flachen Deckel. Anstelle von Gras wachsen am Boden Miniversionen dieser Pilze, die auch noch von Pilzgeflechten überzogen sind, die in mehreren bläulichen und lilafarbenen Tönen schimmern. Nur Kühe kann Spark noch nicht entdecken. Wahrscheinlich leben sie nicht in der Nähe des Waldes, sondern etwas weiter im Herzen des Pilzbioms.

Leider ist Spark durch den Einbruch der Dunkelheit dazu gezwungen, seine Suche zu unterbrechen und sich ein sicheres Plätzchen für die Nacht zu suchen. Der Vollmond fällt auf die Ebene und spendet ein sanftes Licht. Spark schaut sich aufmerksam um, kann jedoch keine Monster erkennen. Ein Blick zu Kopernikus verrät ihm, dass auch der Papagei noch nichts wahrgenommen hat. Die riesigen Pilze werfen dunkle Schatten. Darunter lungern bestimmt nur allzu gern fiese Kreaturen. Aber Spark stellt überrascht fest, dass hier weit und breit kein einziges Monster zu sehen ist. Diese Gegend scheint ein sehr friedlicher und idyllischer Ort zu sein – der perfekte Platz, um unter freiem Sternenhimmel zu übernachten. Es ist immer noch warm genug, so dass er auch nicht frieren muss. Spark führt Zora und Kopernikus zu einem besonders großen braunen Pilz, in dessen Schutz er sich schlafen legt.

***

Spark erwacht so gut erholt wie lange nicht mehr. Zora hat nicht ganz so lange geschlafen und sich bereits ein paar Äpfel und Karotten aus seinem Rucksack gemopst. Er stärkt sich ebenfalls mit etwas Brot, das Grogerius ihm mitgegeben hat. Dann beginnt er, nach den Kühen zu suchen. Die ersten Tiere findet er hinter einem kleinen Hügel. Sie waren die ganze Zeit nicht weit entfernt, aber der Hügel hat den Blick auf sie versperrt. Sie haben rotes Fell mit weißen Flecken. Auf dem Kopf und auf dem Rücken wachsen kleine rote Pilze mit weißen Punkten. Im Grunde sehen die Kühe genauso aus wie die roten Pilze, überlegt Spark belustigt.

Sie scheinen weder vor Zora noch vor ihm Angst zu haben. Auch Kopernikus, der über ihnen flattert, macht sie nicht nervös. Also geht Spark langsam auf die Kühe zu, die ihrerseits neugierig näher kommen. Zora schnüffelt interessiert an ihnen, während Kopernikus etwas verwirrt versucht, auf einem der Pilze an ihrem Körper zu landen. Die Kühe bleiben die ganze Zeit friedlich und lassen sich sogar von Spark streicheln. Ihr Fell ist kurz und glatt, bis auf die Stellen, wo die kleinen Pilze hervorsprießen. Dazwischen kringeln sich kleine Löckchen. Die Kuh, die Spark gerade streichelt, mag es offenbar am liebsten, hinter den Ohren gekrault zu werden. Spark genießt den Frieden und die Ruhe so sehr, dass er fast vergisst, warum er eigentlich hier ist. Aber seine Mission gibt er natürlich auf keinen Fall auf. Er muss nur auf ein Gewitter warten, denn ohne Blitze am Himmel kann er mit dem Dreizack nichts ausrichten.

Um die Zeit zu überbrücken, erkundet Spark weiter die ungewöhnliche Gegend. Vielleicht findet er zufällig doch eine braune Pilzkuh. Die Chance ist zwar verschwindend gering, aber auf seiner bisherigen Reise hat er mehr als einmal erfahren, dass nichts unmöglich ist. Die Umgebung wird immer hügeliger und ist dicht mit großen Pilzen bewachsen, die vor der Sonne schützen. Ab und zu sieht er eine Gruppe Kühe, die im Schatten der Pilze entspannen. Er beobachtet sogar Kälber, die miteinander herumtollen. Leider ist der Himmel blau, ohne auch nur eine Wolke. Wenn man sich schlechtes Wetter wünscht, kommt es natürlich nicht, denkt Spark. Zum Glück hat ihm der Händler von dem Turm erzählt. So wird er das Versteck der Plünderer bestimmt auch finden, ohne den Spuren folgen zu müssen, die vielleicht längst verschwunden sind. Der Gedanke beruhigt ihn ein wenig, und er beschließt, die Ruhe vor dem Sturm zu genießen – denn er weiß genau, dass der bevorstehende Kampf gegen die Plünderer nicht einfach werden wird.

***

Auch den nächsten Tag verbringt Spark mit Zora und Kopernikus in der idyllischen Gegend der Riesenpilze. Er freundet sich mit den Kühen an, spielt mit den Kälbern und sieht Zora zu, die Seite an Seite mit den Kühen unter den großen Pilzen ruht. Vereinzelt ziehen Wolken auf, doch erst am dritten Tag erwacht Spark unter einem wolkenverhangenen Himmel. Kein einziger Sonnenstrahl dringt durch die dichte Wolkendecke, und es riecht schon nach Regen. Ob es dann auch gewittert, kann Spark nicht mit Sicherheit sagen, weil Gewitter eher selten sind. Er lehnt sich mit dem Rücken gegen einen großen braunen Pilz und schaut sich die Karten von Asterius noch einmal an. Die Pilzgegend liegt fast in der Mitte des Waldes, an den weiter nördlich der Dschungel anschließt. Vielleicht hat Spark Glück, und der regenreiche, warme Dschungel schickt ein Gewitter vorbei.

Der Regen lässt eine Weile auf sich warten. Erst am Nachmittag bringen aschgraue Wolken aus Richtung Norden dicke Tropfen mit. Spark und seine Gefährten warten den Schauer im Schutz der Riesenpilze ab, aber es ist weder ein Donnergrollen zu hören noch ein Blitz zu sehen.

Am vierten Tag brennt die Sonne bereits morgens vom Himmel. Spark verbringt viel Zeit an einem kleinen Fluss, der sich durch das Tal zwischen den Hügeln schlängelt. Schwüle Luft breitet sich von Norden aus, und Spark lässt zur Abkühlung seine Füße im Fluss baumeln. Ein paar Kühe erfrischen sich ebenfalls am Fluss. Mittlerweile hat er eine so gute Verbindung zu ihnen aufgebaut, dass er sie sogar melken kann. Immer wieder hat er die kleine Holzschale aus seinem Rucksack bis zum Rand mit einer braunen Flüssigkeit gefüllt. Die Kühe geben natürlich keine Milch, was er von diesen besonderen Tieren auch nicht erwartet hat. Die Flüssigkeit schmeckt nach verschiedenen Pilzen und macht lange satt. Da sie warm aus dem Euter kommt, schmeckt sie wie frisch gekochte Pilzsuppe. Die haltbaren Vorräte von Grogerius kann er sich dadurch für die Rückreise aufheben.

Am frühen Nachmittag wird die Luft immer drückender. Dicke Regenwolken ziehen auf, die perfekten Bedingungen für ein Gewitter. Tatsächlich beginnt es in Strömen zu regnen, und der kleine Bach füllt sich. Dann hört Spark endlich das langersehnte Grollen in der Ferne. Das Gewitter kommt immer näher. Er muss sich nur noch überlegen, wie er sein Vorhaben in die Tat umsetzen kann, ohne die Kühe zu erschrecken. Er schaut sich im Schutz des Pilzes um, der wie ein gigantischer Regenschirm wirkt. Am besten wäre es, wenn die Kühe gar nicht sehen, was auf sie zukommt, denkt er. Schon entsteht in seinem Kopf ein Plan.

Spark lässt Zora und Kopernikus unter dem Pilz zurück, um sie nicht in Gefahr zu bringen, und klettert auf einen der Hügel. Völlig durchnässt kommt er oben an, nimmt den Dreizack von seinem Rucksack und kriecht vorsichtig bis zum Rand eines kleinen Felsvorsprungs, um unentdeckt zu bleiben. An dieser Seite fällt der Hügel steil ab, und unter dem Vorsprung haben ein paar Kühe vor dem Regen Schutz gesucht. Wenn er es schafft, von hier oben aus unentdeckt mit dem Dreizack einen Blitz auf eine der Kühe zu schießen, würden sie später keine Angst vor ihm haben. Spark kriecht so nah wie möglich an den Abgrund heran. Blitze zucken über den Himmel, es donnert fast unaufhörlich. Das Gewitter ist angekommen. Er wirft einen letzten prüfenden Blick auf die Kühe. Eine von ihnen steht etwas abseits und müsste von der Klippe aus gut zu treffen sein. Spark hält den Dreizack vor sich ausgestreckt, um ihn auf die Kuh fallen zu lassen – hoffentlich, ohne ihr weh zu tun. Schon nimmt er ein Kribbeln und Summen wahr, das seinen ganzen Körper sowie den Dreizack durchströmt. Die verborgenen Schriftzüge auf dem Dreizack beginnen

zu leuchten, Wärme durchströmt seine Hand, und er lässt den Dreizack fallen.

Es ertönt ein ohrenbetäubender Knall. Ein Blitz schießt so dicht vor ihm in die Tiefe, dass er die Haare an seiner Stirn versengt.

Spark fasst sich erschrocken an den Kopf, aber der prasselnde Regen hat sein Haar längst durchnässt. Vorsichtig lugt er über den Rand der Klippe. Die Kuh, auf die er gezielt hat, steht wie erstarrt da und ist von kleinen Flammen umgeben, die der Blitz hervorgerufen haben muss. Der Regen ist schon dabei, sie zu löschen, während die anderen Kühe erschrocken davonlaufen. Spark blinzelt angestrengt. Seine Augen müssen sich erst wieder an die Lichtverhältnisse gewöhnen, denn das gleißende Licht des Blitzes hat ihn geblendet. Und dann erkennt er es: Die Kuh ist tatsächlich braun! Und soweit er es von hier oben aus sagen kann, hat sie immer noch Pilze auf dem Kopf und auf dem Rücken. Braune Pilze!

Aber warum läuft sie nicht weg? Sie steht einfach nur da, als wäre sie neu geboren worden, was ja auch irgendwie zutrifft. Rasch bahnt sich Spark einen Weg an der Seite des Hügels hinab, so dass er die Kuh im Blick behalten kann. Der Regen hat mittlerweile alle Flammen gelöscht, und auch die anderen Kühe trauen sich wieder heran. Sie mustern ihre neue Kameradin neugierig, schnuppern an ihr – und erkennen sie offenbar als Teil ihrer Herde, denn kurze Zeit später stehen sie alle wieder zum Schutz vor dem Regen unter der Klippe. Der Dreizack liegt etwas abseits am Boden, als hätte er mit der ganzen Sache nichts zu tun.

Nachdem Spark den Fuß des Hügels erreicht hat, geht er langsam auf die Kühe zu und hebt den Dreizack auf. Er verstaut ihn am Rucksack und holt die Holzschale, die Blumen und einige leere Glasflaschen heraus. Falls er die Kuh am nächsten Tag nicht mehr finden kann, will er sie lieber gleich mit verschiedenen Blumen füttern. Er bleibt einen Moment neben den Kühen stehen, damit sie sich an seine Anwesenheit gewöhnen. Doch sie scheinen sich in keiner Weise gestört zu fühlen. Also geht er auf die braune Kuh zu und streichelt sie sanft. Sie ist ganz ruhig und sogar etwas schläfrig. Ihre Augenlider sind halb geschlossen, und sie lässt ein Hinterbein hängen. Zuerst bietet er ihr die Kornblume an. Gespannt schaut er zu, wie die Kuh an der Blume schnuppert, große Augen bekommt und sie schließlich schmatzend vertilgt. Sie muht sogar kurz, als würde sie Nachschub wollen. Spark ist nicht sicher, wie lange er warten muss, bis er die Kuh melken kann, daher versucht er es gleich. Er stellt die Holzschale unter die Kuh und beginnt, sie zu melken. Er merkt sofort, dass die Flüssigkeit nicht mehr nach warmen, nussigen Pilzen riecht, sondern eher nach abgestandenem Parfüm, als hätte die gutriechende Blume es nicht geschafft, ihr Aroma voll zu entfalten. Nur an ihrem Aussehen erkennt Spark, dass die Suppe eine Wirkung haben muss, denn sie schimmert so seltsam wie der Wurftrank, den Aurora gebraut hat. An manchen Stellen flackert sie grün auf, an anderen braun. Diese Flüssigkeit hat auf jeden Fall besondere Kräfte. Erleichtert melkt Spark so lange, bis die Schale voll ist, und füllt die seltsame Suppe dann in einer Glasflasche ab. Stolz betrachtet er die Flüssigkeit durch das Glas und steckt die Flasche vorsichtig in seinen Rucksack. Als Nächstes ist die Mohnblume dran, dann kommt die Margerite an die Reihe. Die Kuh verschlingt die Blüten wie leckere Süßigkeiten. Und jedes Mal, wenn er die Kuh melkt, riecht die seltsame Suppe ein wenig anders und hat einen leicht anderen Schimmer. Mit den drei gefüllten Flaschen ist Spark nun perfekt gerüstet, um endlich die Schlucht zu überqueren und es mit den Plünderern aufzunehmen.

***

Kurz nachdem er die Suppen in seinem Rucksack verstaut und sich wieder auf den Rückweg gemacht hat, hört es auf zu regnen. Die Luft ist jetzt angenehm kühl und nicht mehr so drückend wie vorher. Da sich der Tag dem Ende neigt, beschließt er, noch eine weitere Nacht in dem friedlichen Biom zu verbringen. Er möchte nachts im Wald lieber keinen Monstern begegnen.

Als er bei Zora und Kopernikus ankommt, die noch etwas verängstigt von dem Gewitter unter dem Pilz auf ihn warten, ruft er ihnen zu: »Ich habe es geschafft!«

Die beiden spüren seine Stimmung offenbar und kommen ihm freudig entgegen. Kopernikus flattert zu seinem Platz auf Sparks Schulter und beginnt an seinem Ohrläppchen zu knabbern. Zora stupst ihn mit ihrer weichen Nase an.

Spark nutzt den restlichen Abend, um sich auszuruhen, denn er weiß, dass noch eine gefährliche Reise vor ihm liegt. Er ist so gespannt, ob er es wirklich schafft, über die Schlucht zu springen, dass er kaum einschlafen kann.

Waldanwesen

Der Morgen bricht an, und es macht Spark ein wenig traurig, dass er fortgehen muss. Aber er nimmt sich fest vor, eines Tages zurückzukommen. Er reitet gemächlich durch die Pilzgegend in Richtung Norden, während Kopernikus wie so oft auf seiner Schulter sitzt.

Nach einiger Zeit erreichen sie den Waldrand. Spark blickt ein letztes Mal über die Schulter und wird von einer Herde roter Kühe verabschiedet, die in einiger Entfernung hinter ihm hergelaufen sind. Sie bleiben in ausreichendem Abstand zum Wald stehen und schauen ihm nach, bis er zwischen den Bäumen verschwindet. Die braune Pilzkuh sieht er nicht noch einmal wieder.

Nun gibt es kein Zurück mehr. Aber er versucht, zuversichtlich zu bleiben. Immerhin hat er in so kurzer Zeit mehr geschafft als in seinem ganzen Leben. Ohne seinen Mut, es mit den Plünderern aufzunehmen, wäre Tian immer noch krank. Er hat Leben gerettet, und er wird Leben retten. Etwas Besseres gibt es nicht. Auch wenn die Reise bisher nicht einfach war, beweist sie doch, dass man alles schaffen kann, wenn man es nur versucht und an sich glaubt.

Er zieht eine der Karten von Asterius aus seinem Rucksack, obwohl er sie mittlerweile auswendig kennen müsste. Der Weg ist einfach. Er muss sich nördlich halten – erst durch den Wald und dann durch den Dschungel bis zur Schlucht. Wenn er der Schlucht in Richtung Westen folgt, erreicht er bald die schmalste Stelle, wo er mit Hilfe der Suppen hinüberspringen wird … Moment mal. Erst jetzt wird ihm klar, dass Zora es nicht über die Schlucht schaffen wird. Kopernikus kann hinüberfliegen, aber Zora … Ihm wird nichts anderes übrigbleiben, als sie auf der anderen Seite warten zu lassen. Vielleicht ist es aber auch besser so, überlegt er. Beim Kampf gegen die Plünderer kann so viel schiefgehen, und Spark will auf keinen Fall, dass Zora mit Pfeilen im Körper endet.

Im Wald ist alles friedlich. Er hört nur das leise Plätschern von entfernten Flüssen und das Rauschen der Blätter im Wind. Hin und wieder begegnen ihm kleine Herden von Schafen, Schweinen und Kühen, die hier ungestört leben. Ein paar Kühe folgen ihm sogar eine Weile und mustern Zora und Kopernikus neugierig.

Schon bald verändert sich der Wald. Der Übergang zum Dschungel verläuft so nahtlos, dass man keine klare Linie ziehen könnte. Kopernikus erkennt seine Heimat wieder und fliegt fröhlich umher. Er singt Lieder und zwitschert Geschichten, die Spark nur allzu gern verstehen würde. Für Zora wird es zunehmend anstrengender, sich durch das Dickicht fortzubewegen. Aber sie ist geschickt und findet immer einen Weg ohne Ranken, in denen sich ihre Hufe verheddern würden, und ohne umgestürzte Baumstämme, über die sie stolpern könnte. Hin und wieder bemerkt Spark kleine gelbe Schatten, die zwischen den Büschen verschwinden. Er vermutet, dass es sich um Wildkatzen handelt, sogenannte Ozelots. Leider sind sie so scheu, dass er meistens nur ihren gepunkteten Schwanz zu sehen bekommt, weil sie sofort die Flucht ergreifen.

Begleitet vom Geplapper der Papageien schlagen sie sich den Weg durch das Dickicht. Kopernikus scheint es sehr zu genießen, wieder hier zu sein.

Nach nur wenigen Stunden kann Spark bereits die Schlucht ausmachen. Selbst durch die Bäume ist der riesige Riss in der Landschaft nicht zu übersehen. Der Dschungel lichtet sich, so dass sie endlich schneller vorankommen, und Kopernikus nimmt wieder seinen üblichen Platz auf Sparks Schulter ein. Spark ist froh, dass der kleine Vogel sich nicht entschieden hat, in seiner Heimat zu bleiben, und streichelt ihm über das Gefieder, woraufhin der Papagei zufrieden mit dem Schnabel klappert.

Spark reitet noch eine Weile durch den angrenzenden Eichenwald, bis sie die Stelle an der Schlucht erreichen, an der sich einst die Brücke befunden hat. Es kommt ihm wie eine Ewigkeit vor, seit er das letzte Mal hier war. Er steigt von Zora ab und überlegt, wie er ihr am besten begreiflich macht, dass sie hier warten soll.

»Du hast mich bis jetzt immer treu begleitet. Aber nun musst du hier auf mich warten. Ich komme ganz bestimmt zurück.« Er streichelt Zora über das weiche, orangefarbene Fell und krault sie hinter den Ohren. Sie blinzelt Spark an, als hätte sie ihn verstanden.

Er kramt die beiden Flaschen mit den seltsamen Suppen aus dem Rucksack. Werden sie ihm wirklich Schnelligkeit und Sprungkraft verleihen? Für einen Moment kommen

Spark Zweifel. Was, wenn sein Vorhaben nicht funktioniert, weil die braune Pilzkuh doch nur normale Suppe im Euter hat? Wenn alles umsonst war, die komplette Reise für nichts?

Er schüttelt den Gedanken ab und atmet tief durch, denn es gibt nur einen Weg, das herauszufinden. Er befestigt den Dreizack und die Armbrust mit einem Seil an seinem Rucksack und schnallt ihn sich auf den Rücken. Dann setzt er die Flasche mit der Suppe der Schnelligkeit an die Lippen. Zora schaut ihm aufmerksam zu.

Spark trinkt die seltsame Suppe mit wenigen Schlucken aus. Als die Flüssigkeit seine Kehle erreicht, weiß er, dass es funktioniert. In seinem Körper findet ein Feuerwerk statt, jede Zelle wird aktiviert und mit Superkräften versehen. So kommt es ihm jedenfalls vor. Spark fühlt sich so lebendig und stark wie noch nie zuvor. Schnell trinkt er auch das zweite Fläschchen aus. Seine Beine geben ihm das Gefühl, als könnte er ewig rennen und bis zu den Wolken springen. Na ja, bis zu den Wolken muss ich es nicht gleich schaffen, denkt er belustigt. Hauptsache, er erreicht die andere Seite der Schlucht. Er weiß aber auch, dass die Wirkung wahrscheinlich nicht lange anhalten wird. Zur Sicherheit testet er die Kraft der Suppen mit einem kleinen Sprung auf der Stelle. Dabei saust er um ein Vielfaches höher in die Luft als sonst und knallt mit dem Kopf fast gegen einen Ast. Ohne weiter zu zögern, rennt er auf die Schlucht zu. Seine Füße berühren kaum den Boden, so schnell läuft er. Kopernikus breitet die Flügel aus und segelt neben ihm her, während Spark sich mit aller Kraft von der Kante der Schlucht ab-

drückt und springt. Sofort hat er das Gefühl wie Kopernikus fliegen zu können.

Seltsamerweise erinnert er sich in diesem Moment an seinen Traum. Ihm waren Federn gewachsen, und er konnte tatsächlich fliegen. Verstohlen schaut er an sich herab. Natürlich wachsen ihm keine Federn, wie albern von ihm. Aber für einen winzigen Augenblick hätte er es sich wirklich gewünscht.

Er konnte so viel Kraft in seinen Sprung legen und hatte so viel Schwung, dass er ohne Probleme auf der anderen Seite ankommt. Er landet auf seinen Füßen und rollt sich über der Schulter ab. Er hat es geschafft! Doch schon spürt er, wie die Wirkung der Suppen nachlässt. Dafür wird er diese unglaubliche Erfahrung nie vergessen.

Spark konzentriert sich und schaut sich um. Der Wald auf dieser Seite der Schlucht sieht ganz anders aus. Die Bäume sind viel dicker und höher als die Birken oder Eichen, die er kennt. Sie haben einen knorrigen Stumpf und dichte, dunkle Blätter. Er betritt den Wald mit einem mulmigen Gefühl. Auch Kopernikus fühlt sich hier unwohl und fliegt zu Spark, um sich auf seine Schulter zu kuscheln. Das dichte Blätterdach lässt kaum Sonnenstrahlen durch. Mit jedem Schritt wirkt die Umgebung unheimlicher. Vielleicht liegt das aber auch nur daran, dass jetzt nichts mehr zwischen mir und den Plünderern liegt, macht sich Spark in Gedanken Mut. Der Wald ist so still, als würden die Bäume sämtliche Geräusche verschlucken. Der Boden ist ungewöhnlich weich, und bei genauerem Hinsehen entdeckt er tatsächlich noch die Schleifspuren des Golems. Er folgt ihnen, so gut er kann. Manchmal verliert er sie für ein paar Meter aus den Augen, dann findet er sie zufällig wieder. Durch den Hinweis des fahrenden Händlers weiß er jedoch, dass er sich nur nördlich halten muss, um auf den Turm der Plünderer zu stoßen. Also folgt er dieser Richtung, auch wenn oft keine Spuren zu sehen sind.

Am Nachmittag wird der dichte Schwarzeichenwald von einer kleinen Lichtung durchbrochen. Spark genießt die Sonnenstrahlen, die sein Gesicht erwärmen. Er friert zwar nicht, dennoch sind die Wärme und das Licht eine willkommene Abwechslung im sonst so dunklen Wald. Am anderen Ende der Lichtung entdeckt er etwas Seltsames. Ein Bauwerk blitzt durch die Baumstämme hindurch. Die Wände ähneln einer typischen Dorfhütte, dafür ist es so hoch, dass das oberste Stockwerk über die Baumkronen hinausragt. So ein monströses Gebäude hat er noch nie gesehen. Es sieht auch nicht besonders einladend aus. Getragen wird die dunkle Konstruktion von einem steinernen Sockel, in regelmäßigen Abständen sind große Fensterfronten in die Fassade eingelassen. Spark überlegt, wer hier wohl wohnen könnte. So ganz allein, mitten im Wald. Vielleicht wissen die Bewohner etwas über die Plünderer? Er muss sich das Gebäude aus der Nähe ansehen. Geduckt läuft er am Rand der Lichtung darauf zu. Trotzdem fühlt er sich wie auf einem gigantischen Präsentierteller. Nervös schaut er über die Schulter, doch er kann weit und breit niemanden entdecken. Das Gebäude ist so groß, dass er eine Weile braucht, um den Eingang zu finden, der durch eine Steintreppe markiert ist. Spark bleibt davor stehen und schaut nach oben. Doch obwohl er den Kopf weit in den Nacken legt, kann er nicht bis zum Dach des Gebäudes sehen. Vorsichtig läuft er die ersten Stufen nach oben. Ein offenes Loch klafft in der Gebäudewand, als hätte jemand die Türen aus den Angeln gehoben und beiseitegeworfen. Spark wird noch mulmiger zumute, als ihm seit Betreten des Waldes ohnehin schon ist. Er will nicht einfach so in ein fremdes Gebäude eindringen. Es herrscht vollkommene Stille, er kann weder Stimmen noch Schritte oder sonst irgendetwas hören. Vielleicht ist das Gebäude auch verlassen, und es wohnt niemand mehr hier.

Plötzlich graben sich die Krallen von Kopernikus durch den Stoff von Sparks Oberteil. Der Papagei wippt aufgeregt hin und her und macht seltsame Geräusche. Spark erstarrt in seiner Bewegung. Das kann nur eines bedeuten – Gefahr! Schnell wie der Blitz nimmt er seinen Rucksack ab, schnappt sich die Armbrust und schwingt den Rucksack zurück auf seinen Rücken. Gerade noch rechtzeitig. Erst hört er schnelle Schritte, dann kommt auch schon eine wütende Gestalt auf die Öffnung zugerannt – mit einer Axt in der erhobenen Hand! Spark hat keine Zeit, sich rechtzeitig von der Treppe zu entfernen. Wenigstens konnte er sich dank Kopernikus noch schnell die Armbrust schnappen. Wieso die Gestalt so wütend ist, will er gar nicht wissen. Er muss sich wehren und hat keine Zeit, sich zu fragen, was in den Köpfen dieser Kreaturen vor sich geht. Das Gesicht des Angreifers ist verzerrt. Er hat dunkle, buschige Augenbrauen, die sich fast in der Mitte seiner Stirn treffen. Der Kopf ist nackt, die Haut hat eine graue, ungesunde Farbe, als würde er nie ins Sonnenlicht gehen.

Ohne länger zu zögern, stolpert Spark die Stufen hinab und schießt aus sicherem Abstand mehrere Pfeile ab. Dass der Axtträger vom Angreifer zum Angegriffenen werden könnte, hat er anscheinend nicht kalkuliert. Verdutzt bleibt er stehen und schaut ungläubig auf die Pfeile, die in seiner Brust stecken. Dann bricht er auf der Treppe zusammen und regt sich nicht mehr. Die Axt rutscht aus seiner Hand und purzelt die Treppenstufen hinunter.

Spark hat den Überraschungsangriff nur überlebt, weil Kopernikus ihn gewarnt hat. Das hätte viel schlimmer enden können. Dankbar streichelt er dem kleinen Papagei über das Gefieder. Kopernikus schaut entrüstet auf die am

Boden liegende Gestalt, als könnte er auch nicht glauben, was gerade passiert ist.

Das hohe graue Fundament des Gebäudes strahlt Kälte ab, und auch unter dem dichten Blätterdach wird es zunehmend kühler. Doch Spark will sich nicht abschrecken lassen. Mit Kopernikus und seinen Waffen fühlt er sich sicher genug, einen Blick in das Innere dieses merkwürdigen Anwesens zu werfen. Der mysteriöse Axtträger hat ihn nicht nur erschreckt, sondern auch neugierig gemacht. Außerdem wäre es praktisch, wenn er für die weitere Reise nach Norden wärmere Kleidung finden könnte.

Im Gebäude ist es dunkel, durch die großen Fenster dringt kaum Licht herein. Der Boden besteht aus hellem Holz, in den Gängen liegen rote Teppiche mit weißem Rand. Auch die große Treppe im Inneren besteht aus grauem Stein. Es gibt kaum Möbel oder Gegenstände – und zum Glück auf den ersten Blick auch keine weiteren Feinde.

Sparks Schritte werden durch die Teppiche gedämpft. Er schleicht den Gang entlang und schaut vorsichtig in den nächsten Raum. An den Wänden stehen viele Regale, einige sind voller Bücher, in anderen stapeln sich Kisten. Spark will lieber nicht darin herumschnüffeln und schaut sich weiter um. Kurz bevor er die erste Biegung erreicht, stößt Kopernikus ein warnendes Geräusch aus. Spark macht sich auf alles gefasst. Im nächsten Moment biegt ein Skelett in einer ledernen Jacke klappernd um die Ecke. Spark hat den Bogen bereits gespannt, er duckt sich und schießt. Aber der Pfeil fliegt einfach durch das Skelett hindurch. Er muss besser zielen, und das schnell. Hochkonzentriert zielt er auf den Schädel. Mit Erfolg! Der Pfeil schlägt mit so einer Wucht ein, dass das Skelett auseinanderfällt und reglos am Boden liegen bleibt. Spark kann seinen Weg unbeschadet fortsetzen, aber nicht ohne sich das lederne Oberteil zu schnappen. Er zieht es an und macht sich weiter auf Erkundungstour. Alle Räume haben große offene Eingänge ohne Türen. Und jeder Raum ist anders ausgestattet. Aber er sieht auf den ersten Blick nichts, was er gebrauchen könnte. Dafür kommen ihm ab und zu ein paar Skelette entgegen, die er jedes Mal erfolgreich erledigt. Mittlerweile trägt er auch eine dicke Lederhose. Zusammen mit der Jacke sollte ihn das fürs Erste warm genug halten.

Nach wie vor fragt er sich, wer hier wohl gewohnt hat – und wer dieses riesige Gebäude überhaupt errichtet hat. Wurden die ehemaligen Bewohner von den Monstern überfallen, weil sie keine schützenden Eisengolems hatten? Oder sind sie durch die Abschottung irgendwann selbst zu diesen finsteren Kreaturen geworden? Es könnte ja sein, dass sie eine Krankheit haben, die den Geist befällt, so wie bei Tian. Auch der Bibliothekar hatte keine Kontrolle mehr über sein Handeln. Und nach seiner Heilung konnte er sich nicht mal mehr daran erinnern.

Um nicht noch mehr Zeit zu verschwenden, macht sich Spark schließlich auf den Weg zum Ausgang. Er will kein weiteres Risiko eingehen und steigt lieber nicht die Treppe zur nächsten Etage hinauf. Als er um die letzte Ecke biegt sieht er eine Gestalt, die dem Angreifer vorhin am Eingang ziemlich ähnlich sieht. Sie trägt einen langen schwarzen Umhang mit goldenen Streifen in der Mitte und an den Ärmeln. Kleine graue Partikel steigen in die Luft. Die Gestalt hat keine Waffe bei sich, dennoch macht sie einen bedrohlichen Eindruck und bewegt sich grimmig und langsam auf Spark zu. Plötzlich beginnt sie, in einer fremden Sprache zu reden. Es hört sich aber nicht wie eine beginnende Unterhaltung an, sondern eher wie eine Beschwörung oder eine Zauberformel. Spark ist verunsichert. Auch Kopernikus trippelt unruhig auf seiner Schulter hin und her. Ist das ein Magier? Und wieso versperrt er ihnen den Weg?

Plötzlich schreckt Spark zusammen, ohne genau zu verstehen, was vor sich geht. Seine Instinkte funktionieren schneller als sein Verstand, denn durch die Wände kommen Geister geflogen! Wie ein Windhauch fliegen sie auf ihn zu und greifen sofort an. Anscheinend hat der Magier sie heraufbeschworen. Spark versucht, sich zu wehren, aber vergeblich. Die Geister sind viel zu klein und zu flink, als dass er sie treffen könnte. Er kann nicht mal genau sagen, wie viele es eigentlich sind, da sie immer wieder durch die Wände verschwinden und an einer anderen Stelle auftauchen.

Spark begreift, dass es sinnlos ist, gegen die Geister zu kämpfen. Er muss die Quelle vernichten – den Magier im schwarzen Gewand. Unauffällig nimmt er die Armbrust fester in die Hand. Die Geister greifen ihn weiterhin an, und er verzieht schmerzhaft das Gesicht. Dann hebt er die Armbrust und zielt in einer raschen Bewegung auf den Magier. Doch wie von Zauberhand fliegen die Pfeile an ihm vorbei. Immer mehr Geister kommen durch die Wände, langsam wird die Lage brenzlig. Kopernikus merkt das auch und versucht, Spark zu helfen, indem er auf den Magier zufliegt.

Der nimmt den Papagei anscheinend nicht als Bedrohung wahr, ist aber kurz abgelenkt. Diesen Moment nutzt Spark, um die Armbrust nachzuladen – und endlich trifft er seinen Gegner mit einem Pfeil. Der Magier bricht auf dem Teppich zusammen. Wie erwartet verschwinden auch die Geister sofort.

Spark atmet erleichtert auf und tauscht die Armbrust gegen den Dreizack aus. Er will sich auch weiterhin verteidigen können, muss aber Pfeile sparen, denn er hat nicht mehr viele bei sich.

Er lässt Kopernikus auf seiner Schulter landen und wendet sich dem Ausgang zu. Dabei fällt ihm aus dem Augenwinkel ein Gegenstand auf, der neben dem reglosen Magier auf dem Boden liegt. Das kleine Ding sieht aus wie eine Art Totem. Vorsichtig geht Spark näher heran und hebt es auf. Es ist tatsächlich ein Totem, das aus hellem Holz geschnitzt wurde. Die Augen erinnern ihn an die Smaragde, die Grogerius ihm mitgegeben hat.

Wofür es wohl gut ist? Der Magier wird es nicht ohne Grund bei sich getragen haben. Bevor Spark weiter darüber nachdenken kann, was er mit dem Totem anstellen soll, warnt Kopernikus ihn vor weiteren Angreifern. Genau vor dem Eingang stehen zwei Gestalten mit Äxten in der Hand. Bedrohlich bauen sie sich vor Spark auf und machen nicht den Anschein, als wollten sie ihn heil hier rauskommen lassen. Während Spark noch fieberhaft überlegt, wie er sich aus dieser Situation befreien soll, scheint Kopernikus schon die Antwort zu kennen, denn er drückt sich von seiner Schulter ab und fliegt entschlossen auf die beiden

zu. Er hat es besonders auf den hinteren Angreifer abgesehen, vor dessen Gesicht er wild herumflattert. Das perfekte Ablenkungsmanöver. Während der Papagei den einen Axtträger in Schach hält, kann sich Spark auf den zweiten konzentrieren, der ihm schon gefährlich nah gekommen ist. Er weicht der Axt aus und versucht, ihn mit dem Dreizack zu treffen. Zuerst wehrt der Axtträger die Hiebe geschickt mit seiner Waffe ab. Spark schafft es nur, ihm ein paar Kratzer zu verpassen, doch er gibt nicht auf und kann schließlich einen guten Treffer landen. Sofort wendet sich Spark dem zweiten Gegner zu, den Kopernikus zum Glück lange genug ablenken konnte. Er wirft den Dreizack nach ihm, doch genau in diesem Moment dreht sich der Angreifer unerwartet weg, und der Dreizack landet auf dem Teppich. Erneut kommt ihm Kopernikus zu Hilfe. Er fliegt dem Axtträger so geschickt vor die Nase, dass Spark die Axt zu fassen bekommt. Er versucht, dem Angreifer die Waffe aus der Hand zu reißen, doch er hält sie verbissen fest. Für einen kurzen Moment ringen die beiden miteinander, ohne dass einer von ihnen die Oberhand gewinnt. Doch Spark darf auf keinen Fall loslassen, sonst würde er ohne Waffe dastehen. Sein Schwert vom Rucksack zu lösen, würde viel zu lange dauern. Kopernikus spürt, dass Spark seine Hilfe braucht, und stürzt sich mutig auf den Feind. Er pickt auf seine Augen ein und kratzt ihn mit seinen Krallen, bis der Axtträger schreiend und fluchend die Waffe loslässt, um den Papagei zu verscheuchen. Dann bemerkt er seinen Fehler und erstarrt. Spark nutzt den Moment und erledigt ihn mit der Axt.

Jetzt hat er endgültig genug von diesem Horrorhaus. Er eilt durch das Eingangsportal nach draußen und die Treppe hinab. Gefolgt von Kopernikus rennt er ein Stück in den Wald hinein. Erst dann fühlt er sich wieder etwas sicherer.

Rettung

Spark verbringt die Nacht in einer kleinen Höhle im Fichtenwald, den er bei Einbruch der Dunkelheit erreicht hat. Er hat es noch ein gutes Stück in Richtung Norden geschafft, bevor die Sonne am Horizont verschwand. Bis zum Turm der Plünderer dürfte es nicht mehr weit sein.

Die Höhle ist nicht sehr tief und gerade hoch genug, dass er sich nicht den Kopf stößt. Trotz der feindlichen Kreaturen ist er froh, dass er das Waldanwesen untersucht hat. Er ist dankbar für die zusätzliche Kleidung. Vor der Höhle hat sich nach Einbruch der Dunkelheit eine feine Frostschicht gebildet, und das Gras ist gefroren. Trotzdem friert er nicht besonders, da die Höhle ihn vor den kalten Temperaturen abschirmt. Kopernikus hat sich an seinen Hals gekuschelt, so dass sie sich gegenseitig noch etwas Wärme spenden.

Vor dem Einschlafen schwirren Spark viele Gedanken durch den Kopf. Seine Vorräte gehen langsam zur Neige, und er hat ein bisschen Angst, dass sich in der Dunkelheit Monster anschleichen könnten. Zum Glück kann er auf Kopernikus und sein Gehör vertrauen.

In der Nacht wacht Spark zwar immer wieder auf, weil ihn irgendetwas im Rücken drückt oder sein Bein eingeschlafen ist, aber er kann sich trotzdem ein wenig erholen und verlässt die Höhle beim ersten Tageslicht.

Nach einem kurzen Marsch findet er ein paar niedrige Büsche mit roten Beeren zwischen den Bäumen. Er pflückt sich einige Hände voll, und auch Kopernikus knabbert daran. Die Beeren schmecken süß und geben viel Energie.

Je weiter sie kommen, desto weiter stehen die Bäume auseinander, so dass Spark angenehm zwischen ihnen hindurchgehen kann. Der Boden ist mittlerweile mit einer dünnen Schneeschicht überzogen, die unberührt glitzert.

Falls es darunter noch Spuren der Plünderer geben sollte, hätte Spark sie spätestens jetzt nicht mehr gefunden. Erneut ist er dankbar, dass er den fahrenden Händler getroffen hat. Das erleichtert ihm die Mission. Insgeheim wünscht er sich sogar, Kopernikus könnte ihn verstehen. Ohne ihn und seine aufmerksamen Warnrufe wären einige Situationen mit Sicherheit nicht so glimpflich abgelaufen. Auch dafür würde er sich gern bedanken.

Spark orientiert sich an der Sonne, um sich nördlich zu halten. Der Schnee wird immer tiefer, und ihm begegnen nur noch selten Tiere. Hin und wieder sind in der Ferne Kühe oder Schweine zu sehen, auch Schafe leben in dieser Gegend. Die meiste Zeit ist er jedoch mit Kopernikus allein.

Gegen Mittag beobachtet Spark eine weiße Silhouette, die flink hinter ein paar Fichten verschwindet. Der buschige Schwanz des Tieres ist das Einzige, was er genauer zu sehen bekommt. Es könnte ein kleiner Fuchs gewesen sein, überlegt er.

Auch während der nächsten Stunden bemerkt er immer wieder kleine Füchse, die sofort hinter Büschen und Bäumen verschwinden, wenn sie ihn durch den Schnee stapfen

hören. Sie scheinen ebenfalls Gefallen an den süßen Beeren gefunden zu haben, denn oft entdeckt er sie an einem der niedrigen Büsche. Einmal sieht er sogar zwei Füchse, deren Schnauze und Vorderpfoten rot verfärbt sind. Und ein besonders mutiger Artgenosse beobachtet ihn von einem Baumstamm aus. Der putzige Anblick muntert ihn auf und lenkt ihn für einen Moment von den Gefahren ab, die noch vor ihm liegen.

Am frühen Nachmittag kommen ihm die ersten Zweifel, ob er überhaupt noch auf dem richtigen Weg ist. Weil er keinen Kompass hat, orientiert er sich lediglich am Stand der Sonne. Bis jetzt hat das zwar immer geklappt, aber das Versteck der Plünderer könnte auch etwas abseits liegen. Doch bald darauf stellt sich heraus, dass seine Zweifel unbegründet sind. In der tiefer stehenden Nachmittagssonne erblickt er zu seiner Linken in der Ferne einen Turm. Die

großen Banner der Plünderer sind nicht zu übersehen, und die Schlucht zieht sich nicht weit entfernt daran vorbei. Er ist seinem Ziel zum Greifen nah. Auch Kopernikus spürt seine Aufregung.

Der Turm liegt auf einer kleinen Anhöhe, so dass die Plünderer die Umgebung gut überblicken können. Der Fichtenwald lichtet sich immer mehr und bietet kaum noch Möglichkeiten, um in Deckung zu gehen. Spark beschließt, sich dem Turm nicht auf direktem Weg zu nähern, sondern den Schutz der Bäume auszunutzen, auch wenn er dafür einen Umweg in Kauf nehmen muss. Langsam geht er weiter, um nicht mit hektischen Bewegungen auf sich aufmerksam zu machen oder Tiere aufzuschrecken, die ihn verraten könnten.

Die Anhöhe, auf der sich der Turm befindet, ist nicht besonders hoch, aber steil. Spark bleibt an der Grenze zwischen Wald und der verschneiten Ebene stehen und sieht sich das Gebäude genauer an. Der Turm besteht aus dunklem Holz und hat ein steinernes Fundament, genau wie das Anwesen, in dem er fast diesem Magier in die Falle gegangen wäre. Der Turm besteht aus zwei Etagen, wobei die obere Aussichtsplattform zu allen Seiten übersteht und mit Steinen gestützt wird. Der Turm hat keine Fensterscheiben, so dass die Plünderer jeden Angreifer mit ihren Armbrüsten sofort abwehren können.

Im Schutz der Bäume wagt er sich noch ein bisschen näher heran und späht vorsichtig an einem Stamm vorbei. Nun kann er auch erkennen, dass sich nah am Fuß des Turms ein dunkler, hölzerner Käfig befindet. Spark hält den Atem an, als er erkennt, dass darin mehrere Golems gefangen gehalten werden. Was wollen die Plünderer von ihnen? Auf diese Frage hat Spark immer noch keine Antwort gefunden. Der Käfig wird von einem gelangweilt wirkenden Plünderer bewacht, der mit einer Armbrust in der Hand an den Gitterstäben lehnt. Seine Kollegen halten sich vor dem Turmeingang auf oder laufen im Turm auf und ab. Spark kann deutlich einige Silhouetten erkennen, die an den glaslosen Öffnungen der ersten Etage vorbeikommen.

Spark geht seine Optionen durch. Bis jetzt wurde er noch nicht entdeckt. Aber wie soll er unbemerkt die Wache außer Gefecht setzen und die Golems befreien, ohne dass die Plünderer auf ihn aufmerksam werden und er es mit der ganzen Horde zu tun bekommt? Außerdem muss er sich einen Weg überlegen, den Käfig aufzubrechen. Das Holz sieht massiv und unnachgiebig aus. Vielleicht trägt der Wachposten aber auch einen Schlüssel bei sich. Dann könnte er die Golems schneller und lautloser befreien.

Während er sich näher heranschleicht, tritt er aus Versehen auf einen Ast, der sich unter der Schneedecke versteckt hat und nun mit einem entsetzlich lauten Knacken zerbricht. Spark bleibt wie angewurzelt stehen. Das Blut pocht so laut in seinen Ohren, dass er fürchtet, sogar die Plünderer könnten es hören. Der Wachposten am Käfig schaut sich um und kommt sogar einige Schritte auf ihn zu. Mit gespannter Armbrust sucht er die Gegend ab. Er sieht zwar nicht sonderlich alarmiert aus, dennoch hat Spark Angst, entdeckt zu werden. Ihm bleibt nichts anderes übrig, als reglos hinter der viel zu dürren Fichte abzuwarten. Er hofft, dass seine dunkelbraune Ledermontur ihn irgendwie mit der dunklen Rinde verschmelzen lässt.

Und er hat Glück. Genau im richtigen Moment kommt ein Schneefuchs aus dem Unterholz gesprungen. Der Wachposten senkt die Armbrust, weil er die vermeintliche Ursache des Geräuschs gefunden hat, und geht zum Käfig zurück. Spark atmet erleichtert auf, bleibt zur Sicherheit aber noch eine Weile hinter der Fichte stehen. Wie soll er sich geräuschlos anschleichen, wenn jeder Schritt so einen Krach machen kann?

Da kommt ihm eine Idee. Vielleicht kann er mit den restlichen Beeren, die er vorhin gepflückt hat, ein paar Füchse anlocken und damit den Plünderer ablenken. Wenn der Wachposten sich weit genug vom Käfig entfernt, könnte Spark ihn vielleicht überwältigen und die Golems befreien, ohne dass die anderen Plünderer es sofort bemerken.

Er schleicht sich wieder ein Stück vom Turm weg und streut an einer Stelle im Wald Beeren aus, an die er den Wachposten locken möchte. Dann eilt er leise wieder zu seiner Position zurück. Es dauert eine Weile, bis die ersten knackenden Äste zu hören sind. Der Plünderer wirkt genau wie eben nicht besonders alarmiert, dennoch scheint es seine Pflicht zu sein, wenigstens nachzuschauen, wer oder was die Geräusche verursacht. Langsam geht er auf das Knacken im Wald zu. Wahrscheinlich vermutet er, dass es nur wieder die Füchse sind, denn er beeilt sich nicht und hat nicht mal die Armbrust gehoben.

Spark gelingt es währenddessen, sich vorsichtig von Baum zu Baum anzuschleichen. Das Unterholz knackt zwar hin und wieder verdächtig, aber die Füchse übertönen seine Geräusche und haben die ganze Aufmerksamkeit des Plünderers. Mit dem Rücken zu Spark steht er ein paar Schritte entfernt zwischen den Bäumen. Spark nimmt all seinen Mut zusammen und greift vorsichtig nach seiner Armbrust. Mit angehaltenem Atem spannt er den Pfeil und zielt auf den Rücken des Plünderers. Seine Hände zittern ein wenig, denn er hat nur eine Chance. Wenn er danebenschießt, fliegt seine Deckung auf. Da er das Gesicht des Plünderers nicht sieht, stellt er sich einfach vor, zurück im Dorf zu sein und auf eine Übungsstatue zu zielen. Das hat ihm schon einmal dabei geholfen, seine Nerven zu beruhigen. Lautlos lässt er den Pfeil los – und trifft auf Anhieb. Der Plünderer ist so überrascht, dass er ohne einen Laut zusammensackt. Auf Zehenspitzen zieht Spark den Plünderer leise zwischen ein paar Büsche, damit seine Kollegen keinen Verdacht schöpfen. Jetzt steht erst einmal nichts mehr zwischen ihm und dem Käfig. Spark tastet die Kleidung der Wache ab, kann aber leider keinen Schlüssel finden. Er sucht auch auf dem verschneiten Boden, falls ihm der Schlüssel aus der Tasche gefallen ist – ohne Erfolg. Also muss er den Käfig anders aufbrechen.

Spark schleicht sich geduckt aus westlicher Richtung an, huscht von Baum zu Baum und legt die letzten paar Meter zum Käfig mit einem kleinen Sprint zurück. Hinter einer der massiven Ecken duckt er sich. Die Plünderer am Turm scheinen ihn nicht entdeckt zu haben. Aber er muss sich beeilen. Es dauert bestimmt nicht lange, bis sie das Fehlen der Wache bemerken.

Die drei Golems im Käfig mustern ihn neugierig, bleiben zum Glück aber still. Zogrit und den anderen scheint es gut zu gehen. Spark legt einen Finger an die Lippen, und die Golems nicken. Dann tun sie so, als wäre Spark gar nicht da, um ihn nicht durch ihr auffälliges Verhalten zu verraten.

»Ich werde versuchen, das hölzerne Gitter mit meinem Dreizack zu zersplittern. Wenn ihr euch dann gleichzeitig dagegenstemmt, sollte es sich aufdrücken lassen«, flüstert Spark.

Die Golems laufen weiterhin langsam im Käfig auf und ab, um ganz normal zu wirken, während Spark den Schaft des Dreizacks durch das Gitter schiebt und überlegt, wie er am besten vorgehen sollte, ohne viel Lärm zu verursachen. Wenn das Holz angeknackst ist, können sich die Golems hoffentlich selbst befreien, denkt er und schaut sich noch einmal kurz um. Die Plünderer im Turm haben anscheinend noch nichts bemerkt. Die Gruppe am Fuß des Turms hat sich gerade in eine andere Richtung gewandt. Die perfekte Gelegenheit, um seine Rettungsaktion zu beginnen. Er lehnt sich leicht auf den verkanteten Dreizack und versucht, die optimale Hebelwirkung auszunutzen. Das Holz gibt jedoch nicht so schnell nach, wie er gehofft hat. Nach einem weiteren verstohlenen Blick über die Schulter lehnt er sich mit mehr Kraft auf den Dreizack, bis das Holz des Käfigs bedrohlich knackt. Doch das reicht immer noch nicht aus. Er muss zu einer radikaleren Methode greifen. Er wirft sich mit seinem ganzen Gewicht auf die Stange, und mit einem lauten Krachen splittert das Holzgitter auf. Das Geräusch hat die Plünderer bestimmt aufmerksam gemacht. Hastig zieht er den Dreizack wieder heraus, geht in Deckung und gibt den Golems ein Zeichen. Auf dieses Kommando hin nehmen sie so viel Anlauf, wie es in dem kleinen Käfig möglich ist, und werfen sich mit voller Wucht gegen das gesplitterte Holz. Das Gitter bricht, und es entsteht ein Loch, durch das die Golems fliehen können. Leider hat der Lärm sie tatsächlich verraten. Die vier Plünderer, die vor dem Turm standen, kommen mit erhobenen Armbrüsten auf sie zu gerannt. Auch im Turm ist nun Tumult zu hören.

Die Golems bauen sich kampfbereit nebeneinander auf. Zogrit zieht Spark an der Schulter hinter sich, um ihn vor den Pfeilen der Angreifer zu schützen. Es wird einen Kampf geben, so viel steht fest. Die Golems warten diesmal nicht, bis die Plünderer sie erreicht haben oder anfangen, mit Pfeilen zu schießen. Sie sind so wütend, dass sie gleichzeitig auf sie zu rennen und sie angreifen, bevor die Plünderer sich eine Taktik überlegen können. Spark hält sich hinter den Golems und benutzt sie als übergroße Schutzschilde. Kopernikus flattert den Golems dagegen zielstrebig voraus. Besorgt schaut Spark ihm nach. Wenn der Papagei von einem Pfeil getroffen wird, ist es aus! Doch Kopernikus ist schlau und zieht sich immer wieder in den Schutz der Golems zurück, bevor er erneut angreift. Er hat die Augen der Plünderer im Visier. Er kreischt und flattert um ihre Köpfe herum, kratzt mit seinen Krallen und versucht alles, um sie, so gut es geht, davon abzuhalten, auf die Golems oder Spark zu zielen. Und es funktioniert! Spark erwischt einen der Angreifer in einem günstigen Moment mit einem Pfeil, so dass dieser kampfunfähig zu Boden geht. Jeder Golem kann sich nun einem der Plünderer widmen. Und sie müssen sich beeilen, da bereits polternde Schritte aus dem Turm dringen. Verstärkung ist im Anmarsch. Die Golems machen kurzen Prozess mit den Angreifern, die es kaum schaffen, auch nur einen Pfeil abzuschießen, da Kopernikus ihnen unablässig die Sicht nimmt.

Aus dem Turm kommen schreiend acht weitere Plünderer gestürmt, aber sie haben keine Chance. Bei den Angriffen auf die Dörfer waren sie den Golems zahlenmäßig viel überlegener, mit zwei Plünderern wird jeder Golem aber problemlos fertig, vor allem da Kopernikus sie so tatkräftig unterstützt. Sparks Pfeile tragen ebenfalls einen Teil dazu bei, dass die Golems leichtes Spiel haben. Er trifft zwar manchmal nur einen Arm oder ein Bein, aber das hilft den Golems trotzdem weiter.

Einer der Plünderer trägt ein großes Banner auf dem

Kopf. Er scheint der Anführer zu sein und hat es direkt auf Spark abgesehen. Während jeder Golem mit zwei Plünderern beschäftigt ist, kommt der Bannerträger schnurstracks auf ihn zu. Spark spannt erneut seine Armbrust, aber er ist nicht schnell genug. Ein Pfeil bohrt sich in seine Schulter. Der Bannerträger hat ihn getroffen. Zum Glück bemüht sich Kopernikus sofort, ihm die Sicht zu versperren, damit er nicht noch einmal auf Spark schießen kann.

Nachdem Spark den ersten Schock überwunden hat, fällt ihm etwas ein. Er hat noch ein Ass im Ärmel! Mit zusammengebissenen Zähnen zieht er den Pfeil aus seiner Schulter und holt dann schnell die Flasche mit dem Regenerationstrank aus seinem Rucksack. Mit großen Schlucken trinkt er sie aus und fühlt sofort ein warmes Prickeln im Körper. Der Schmerz in seiner Schulter lässt augenblicklich nach, und er fühlt sich stark genug, um weiterzukämpfen. Also schnappt er sich seinen Dreizack und stürzt sich auf den Gegner. Der Bannerträger, der immer noch von Kopernikus attackiert wird, sieht ihn nicht kommen, so dass Spark ihm einige Hiebe verpassen kann. Nach einer heftigen Rangelei geht der Anführer endgültig zu Boden, und sein Banner landet im Schnee. Genau in diesem Moment wird es Spark innerlich so kalt, als würde er ebenfalls auf dem verschneiten Boden liegen. Er bekommt eine Gänsehaut am ganzen Körper und schaudert. Wie seltsam. Eigentlich sollte er sich doch erleichtert fühlen.

Er dreht sich zu den Golems um, die gerade den letzten hartnäckigen Plünderer besiegt haben. Für einen Moment herrscht Stille. Das Spektakel ist endlich vorbei.

Die Golems kommen zu Spark und versichern sich, dass es ihm gutgeht. Er zeigt ihnen seine Schulter, die mittlerweile wie durch ein Wunder wieder verheilt ist. Die Stelle, wo ihn der Pfeil durchbohrt hat, ist hellrosa und noch empfindlich, aber sie blutet nicht mehr und tut kaum noch weh. Kopernikus landet rücksichtsvoll auf der unverletzten Schulter und schüttelt sein zerzaustes Gefieder. An den Golems sind die Pfeile zwar abgeprallt, aber sie haben dennoch Risse und Schäden hinterlassen.

»Danke, dass du uns befreit hast«, sagt Zogrit.

Die anderen Golems nicken zustimmend.

»Ich kann es noch gar nicht glauben. Ich habe es geschafft. WIR haben es geschafft!«, sagt Spark erleichtert. Die ganze Anspannung fällt wie eine schwere Last von ihm ab. Er hat seine Mission erfüllt. Und besser noch, er hat nicht nur die Golems gerettet, sondern auch gleich die Plünderer besiegt. Zumindest die Plünderer aus dem Turm. Wer weiß, ob sich noch weitere irgendwo verstecken oder auf Raubzug befinden.

»Das sind übrigens Ferrus und Zinnbod aus den Tundradörfern«, sagt Zogrit und deutet auf seine beiden Kameraden.

Das ergibt Sinn, denkt Spark. Sein Dorf und die zwei Tundradörfer liegen der ehemaligen Brücke und somit dem Turm der Plünderer am nächsten.

»Wie lange seid ihr denn schon hier?«, fragt er die beiden Golems.

»Na ja, ein paar Tage länger als Zogrit. Er kam als Letzter«, meint Ferrus und zuckt mit den Schultern.

»Aber was wollten die Plünderer von euch? Warum haben sie euch eingesperrt?«

»Das wissen wir auch nicht«, erwidert Zinnbod. »Sie haben nicht mit uns geredet. Vielleicht gehörte unsere Entführung zu einem Plan, den sie jetzt nicht mehr beenden können.« Er wirft einen triumphierenden Blick auf die am Boden liegenden Plünderer.

»Wir sollten uns im Turm umschauen, bevor wir gehen«, schlägt Spark vor. »Damit wir auch sicher sein können, dass wir alle erwischt haben. Ich befürchte, dass sich irgendwo in der Gegend noch weitere Plünderer herumtreiben. Vielleicht finden wir sogar etwas über ihren Plan heraus.«

Die Golems sind einverstanden, und sie gehen zum Turmeingang, der von rauen und eingerissenen grauen Steinen umgeben ist, die das Fundament bilden. Kopernikus flattert neugierig voran und untersucht in der Zwischenzeit den Turm von außen. Die Eingangsebene ist vollkommen leer bis auf eine schmale, steinerne Treppe. Der Boden besteht aus hellem Holz, und die Steinwand ist an einigen Stellen mit Moos bewachsen. Sie gehen vorsichtig die Treppe hinauf zur nächsten Etage, finden aber nichts Besonderes. Die dunklen Holzwände haben an jeder Seite ein großes bodentiefes Fenster ohne Glas. Eine Etage darüber hätte Spark die Aussichtsplattform erwartet, stattdessen betreten sie eine fensterlose Ebene, die von außen nicht einzusehen ist. Auch hier gibt es nichts zu entdecken, so dass sie zügig zur letzten Etage aufsteigen, wo schon Kopernikus auf sie wartet. Er sitzt auf einer Kiste und klopft mit seinem Schnabel auf den Deckel. Spark lässt ihn auf seinem Arm landen, dann öffnet er die Kiste. Sie enthält nur drei Eisenbarren und ein verzaubertes Buch. Er weiß leider nicht, wofür man es benutzt, aber er steckt es trotzdem in seinen Rucksack. Die Eisenbarren gibt er an die Golems weiter, die sich damit reparieren können. Kurze Zeit später sehen sie aus wie neu und glänzen im Licht der tiefstehenden Nachmittagssonne wie frisch poliert.

Spark überlegt, dass die Entführung der Golems vielleicht wirklich der erste Schritt eines ausgeklügelten Plans gewesen sein könnte – zuerst die Dörfer systematisch schwächen, dann die Bewohner überfallen und alles restlos plündern. Die Plünderer scheinen sogar daran gedacht zu haben, mehrere Dörfer gleichzeitig zu schwächen, damit die Bewohner sich nicht untereinander helfen können. Ganz schön gerissen, muss Spark widerwillig zugeben. So wie er sie einschätzt, haben sie bestimmt auch irgendwo geheime Wege oder Tunnel, die sie unentdeckt nutzen können.

»Lasst uns nach Hause gehen«, sagt er, nachdem sie den Turm verlassen haben. Die Golems stimmen ihm müde zu, und gemeinsam machen sie sich auf den Weg durch den verschneiten Fichtenwald in Richtung Schlucht.

***

Der Rückweg durch den von Mondlicht erhellten verschneiten Wald kommt Spark fast surreal vor. Er wird tatsächlich mit Zogrit in sein Dorf zurückkehren!

Die anderen Golems erzählen ihm, wie die Angriffe auf ihre Dörfer verlaufen sind. Kopernikus hört aufmerksam zu und fliegt dabei von Schulter zu Schulter. Immer wurden mehrere Dorfeingänge angegriffen und dann einer der Golems verschleppt. In einem der Tundradörfer lief es auch nicht so glimpflich und ohne Verletzte ab. Einige Dorfbewohner wurden von Pfeilen getroffen, weil sie den Angriff zu spät realisiert hatten.

Nach ein paar Stunden Fußmarsch kommen sie im Schwarzeichenwald an. Dort finden sie eine Höhle, in der sie sich ausruhen, bevor sie die Heimreise am nächsten Tag fortsetzen.

***

Als die ersten Sonnenstrahlen in die Höhle fallen, machen sie sich auf den Weg zur Schlucht. Spark hat nicht allzu gut geschlafen, ständig ist er hochgeschreckt und hatte das Gefühl, als würde ihn jemand beobachten oder verfolgen. Er redet sich ein, dass sie vor den Plünderern sicher sind, aber das ungute Gefühl bleibt.

Es dauert nicht lange, bis sie endlich an der Schlucht ankommen. Wie erhofft wartet Zora auf der anderen Seite auf Sparks Rückkehr. Kopernikus zwitschert fröhlich und fliegt zu ihr hinüber.

»Vor uns liegt das Problem, von dem ich euch noch gar nichts erzählt habe«, sagt Spark seufzend.

»Wieso Problem?«, meint Ferrus. »Hast du die gigantischen Bäume nicht gesehen? Die sind bestimmt groß genug, um über den Abgrund zu reichen.«

»Stimmt, ein guter Ersatz für die Brücke«, erwidert

Zogrit. »Kommt, wir suchen einen Baum aus, den wir umstürzen können.«

Die Golems finden schnell eine besonders dicke und hohe Eiche, die nah genug am Rand der Schlucht steht. Mit vereinten Kräften lehnen sie sich dagegen und schaffen es tatsächlich, die Wurzeln aus dem Boden zu reißen. Die ausladende Baumkrone landet mit einem ohrenbetäubenden Aufschlag auf der gegenüberliegenden Seite, wo sich die starken Äste verkeilen, als wollte der Baum ihnen helfen.

»Spark, du gehst als Erster, denn du bist der Leichteste von uns«, schlägt Zinnbod vor.

Spark nickt und klettert vorsichtig auf den Baumstamm, der so breit ist, dass er auch darüber hätte reiten können. Mit wenigen sicheren Schritten ist er bei Zora, die ihn schon ungeduldig erwartet. Dankbar fällt er ihr um den Hals und krault sie hinter den Ohren.

Nach ihm betritt Ferrus den Baumstamm. Auch für den schweren Golem ist es kein Problem, die Schlucht zu überqueren. Der Baum bewegt sich kaum und knackt auch nicht, was ein gutes Zeichen ist. Ihm folgen Zinnbod und Zogrit. Es dauert nur wenige Minuten, bis sie alle auf der anderen Seite sind, während Spark so viele Umwege und Gefahren auf sich nehmen musste, um das zu schaffen. Er seufzt.

Während Spark zum Taigadorf reitet, laufen die Golems neben ihm her. Er erzählt ihnen von seiner Reise und den Abenteuern, die er durchgestanden hat. Die Golems können kaum glauben, was er alles erlebt hat, und löchern ihn mit Fragen. Da ihre Aufgabe nur darin besteht, ihr Dorf zu bewachen, erleben sie selbst kaum Abenteuer. Zinnbod interessiert sich vor allem für Tians Geschichte, denn in seinem Dorf gibt es ebenfalls einen kranken Dorfbewohner, der isoliert werden musste, weil er nach einem Ausflug dieselben Symptome wie Tian zeigte. Auch die beiden anderen Golems sind begeistert, dass Spark einen Weg gefunden hat, den Bibliothekar zu heilen. Spark verspricht Zinnbod, ihm das Rezept für die Heilung zu geben, wenn sie sein Dorf erreicht haben. Sie vereinbaren, den Rest des Tages in Sparks Taigadorf zu verbringen, bevor auch Ferrus und Zinnbod in ihre Dörfer zurückkehren.

Die Golems stapfen zufrieden voran, während Spark das seltsame Gefühl, das ihn seit dem Kampf mit den Plünderern begleitet, immer noch nicht loslässt.

Invasion

Als die Gruppe am Bach entlangkommt, realisiert Spark erst richtig, was in den letzten Tagen passiert ist. Er hat einen Papagei gezähmt, ist in einem Sumpf einer Hexe begegnet, ist mit Delfinen getaucht, hat einen Dreizack erbeutet, die Pilzkuh verwandelt, im Waldanwesen gekämpft, die Golems befreit und mit ihrer Hilfe die Plünderer besiegt. Er könnte sogar noch viel mehr aufzählen. Gedankenverloren fummelt er an dem Totem herum, das immer noch in seiner Hosentasche steckt. Das Holz fühlt sich angenehm glatt und warm an. Er versucht, sich von dem unguten Gefühl abzulenken, das ihn immer noch beschleicht, aber vergeblich. Mehrmals schaut er sich um, kann jedoch keine Gefahren oder Verfolger erkennen. Der vertraute Duft des Fichtenwalds umgibt ihn und seine Begleiter. Spark war zwar nur ein paar Tage unterwegs, dennoch kommt es ihm vor, als sei seine Abreise eine Ewigkeit her.

Der Waldrand ist nicht mehr weit entfernt und eine aufgeregte Stimmung breitet sich aus. Durch die Bäume ist bereits die Dorfmauer zu sehen. Das Osttor ist immer noch mit Steinen verbarrikadiert. Also steuern sie das Nordtor an. Der kleine Fischteich davor glitzert in der Vormittagssonne, und Spark entdeckt einen angelnden Dorfbewohner.

Als Spark und seine Begleiter näher kommen, bemerkt

der Fischer sie. Begeistert springt er auf, ruft etwas über die Mauer und läuft der kleinen Gruppe entgegen. Nach und nach kommen weitere Dorfbewohner durch das Nordtor.

»Spark ist zurück!«

»Er hat Zogrit gerettet!«

»Und noch mehr Golems mitgebracht!«

»Seht mal, der Dreizack auf seinem Rücken!«

Spark kann gar nicht alle verstehen, weil die Dorfbewohner wild durcheinanderrufen. Aber er ist froh, endlich wieder zu Hause zu sein.

Die Golems erzählen den Dorfbewohnern von den Überfällen auf ihre eigenen Dörfer und dass sie tagelang in einem Käfig ausharren mussten. Sie berichten von den unheimlichen Plünderern und von der Tatsache, dass sie nie mit ihnen gesprochen haben. Gespannt hören die Dorfbewohner zu und schütteln verständnislos die Köpfe. Natürlich sind alle damit einverstanden, dass sich die Golems im Taigadorf ausruhen.

Als sie schließlich gemeinsam das Nordtor durchschreiten, bemerkt Spark etwas Seltsames. Die Kälte, die er seit dem Kampf mit dem Anführer der Plünderer verspürt hat, verschwindet plötzlich. Er ist überrascht und nicht ganz sicher, ob er sich das alles nur eingebildet hat. Aber wenn nicht, was hat das dann zu bedeuten? Verstohlen schielt er zum Waldrand hinüber, kann jedoch nichts Ungewöhnliches entdecken.

»Was ist los, Spark? Du siehst plötzlich so blass aus«, fragt Margret besorgt.

»Ich weiß auch nicht«, sagt Spark ratlos. »Ich habe schon

die ganze Zeit so ein komisches Gefühl. Als würde noch etwas Schlimmes passieren.«

Verwirrt schauen sich die anderen an. In den Gesichtern der Dorfbewohner spiegeln sich Hoffnung und Angst zugleich.

»Was soll denn passieren?«, fragt Karl, der Steinmetz.

Bevor Spark etwas erwidern kann, ertönt das Horn der Plünderer in der Ferne. Alle drehen sich erschrocken in Richtung Waldrand um. Kopernikus flattert aufgeregt von Sparks Schulter und dreht schreiend Kreise in der Luft. Das ist gar nicht gut, denkt Spark. So besorgt hat er Kopernikus bisher noch nicht erlebt.

»Die Plünderer müssen uns heimlich gefolgt sein!«, ruft Spark. »Wahrscheinlich greifen sie uns jeden Moment an. Wenn Kopernikus mich so laut warnt, ist es verdammt ernst!«

Panisch halten sich die Dorfbewohner aneinander fest. Sie sind wie erstarrt. In der Ferne knacken Äste, als wäre eine ganze Armee auf dem Weg zu ihnen. Wieso haben sie unterwegs nichts bemerkt? Am Turm hatten sie keinen einzigen Plünderer mehr aufgespürt. Sparks Gedanken überschlagen sich. Vielleicht waren ihm die Plünderer und andere Kreaturen aus dem Waldanwesen gefolgt. Aus Rache, weil er einige von ihnen erledigt hat. Er will gerade eine Strategie vorschlagen, als schon die ersten Plünderer zwischen den Bäumen hervorstolpern und mit erhobenen Armbrüsten auf das Dorf zurennen. Es sind viel mehr als beim Angriff auf das Osttor, stellt Spark besorgt fest.

»Okay, hört jetzt alle gut zu!«, ruft er. »Lauft so schnell

ihr könnt zu den anderen Golems und holt sie her. Bringt so viele Waffen mit, wie ihr finden könnt. Und beeilt euch!«

Wie von der Tarantel gestochen stürmen die Dorfbewohner los.

»Wie konnten wir nur so unaufmerksam sein?«, fragt Zinnbod, den offenbar das schlechte Gewissen gepackt hat.

»Wir dürfen uns nicht die Schuld geben«, erwidert Ferrus. »Wir haben einiges durchgemacht, vor allem Spark. Wer hätte damit rechnen können, dass wir heimlich verfolgt werden?«

»Du hast recht«, sagt Zinnbod und schaut besorgt zum Waldrand. »Aber es sind so viele. Wo kommen die bloß her?«

»Ich glaube, ich weiß, woher sie kommen«, sagt Spark. »Nicht weit vom Turm der Plünderer entfernt liegt ein Anwesen im Wald. Dort hausen finstere Kreaturen. Ich musste gegen einen Magier in einer gruseligen Robe, gegen Skelette und Axtträger kämpfen. Vielleicht waren sie ohnehin schon auf dem Weg hierher, aber das ist jetzt nicht wichtig. Wir müssen sie besiegen, koste es, was es wolle. Ich werde nicht zulassen, dass sie unser Dorf plündern.«

Die Golems nicken grimmig und voller Tatendrang.

»Diese Plünderer werden schon noch merken, dass sie sich besser nicht mit uns anlegen sollten«, murrt Ferrus.

Die Angreifer kommen in einem unheimlichen Tempo näher. Über die stille Lichtung hallen Geräusche von knackenden Ästen und stampfenden Füßen.

Währenddessen eilen auch die anderen drei Golems des Dorfes herbei. Mit lautem Klappern und Rufen folgen ihnen die Dorfbewohner. So wütend hat Spark sie noch nie gesehen. Meistens sind sie friedlich, laufen vor Gefahren lieber weg und überlassen den Golems die Verteidigung des Dorfes. Aber jetzt packen alle mit an. Männer, Frauen und Kinder schleppen Rüstungen und Waffen zum Tor.

»Spark!«, ruft Waffenschmied Clementius, der ein türkis glitzerndes Schwert in der Hand hält. »Ich bin so froh, dass du wieder da bist!« Stürmisch umarmt er ihn und präsentiert ihm dann stolz das Schwert. »Wir hatten Besuch aus dem Savannendorf. Augar, Grogerius' Bruder war hier und hat uns dieses Schwert gebracht. Sein Bruder hatte ihm von dir und deinen mutigen Taten berichtet. Als Dank hat er dieses Schwert aus Diamant für dich hiergelassen. Es ist sogar verzaubert!« Mit leuchtenden Augen hält er ihm das Schwert hin.

Spark ist sprachlos vor Staunen. Damit hätte er niemals gerechnet. Aber im Kampf gegen die herannahenden Plünderer ist dieses Geschenk genau richtig.

»Und hier, wir haben vorgesorgt. Wir wussten ja nicht, ob wir noch einmal angegriffen werden«, sagt Panzermacher Arnold und reicht ihm eine eiserne Brustplatte. »Wir haben zwar nicht genug für alle, aber du bist unser bester Kämpfer! Du solltest sie tragen.«

Spark nimmt die Rüstung dankbar entgegen und legt sie an. Sie ist schwer, gibt ihm aber auch ein gewisses Gefühl von Sicherheit. Mit dem Dreizack und dem Schwert, die durch die Verzauberung schimmern und glitzern, muss er wie ein echter Krieger aussehen.

»Wir haben auch mit Waffen geübt«, erzählt Bäuerin

Tilda. »Wir wollen nicht, dass die Plünderer noch einmal einen unserer Golems entführen oder sogar in unser Dorf einfallen! Deswegen haben wir gelernt, mit Pfeil und Bogen zu schießen«, berichtet sie stolz.

Spark lächelt und schaut alle aufmunternd an. »Das habt ihr gut gemacht! Dann lasst uns keine Zeit verlieren und uns den Angreifern entgegenstellen!«

Die Dorfbewohner nicken sich zu. Sie sind bereit für den Kampf. Spark muss diesmal kaum Anweisungen geben. Frauen und Kinder ducken sich hinter die Mauer. Während die Frauen die Bogen zur Hand nehmen, helfen die Kinder dabei, die Pfeile zu verteilen. Viele Männer tragen Kettenhemden und stellen sich mit Schwertern aus Holz und Eisen bewaffnet hinter den Golems auf.

Kopernikus fliegt über ihnen und wartet darauf, sich auf die Gegner zu stürzen. Spark macht sich zwar Sorgen um ihn – genau wie um die Dorfbewohner –, aber er weiß mittlerweile, dass Kopernikus geschickt ist. Zora will auch nicht zum Stall gehen, sondern bleibt an Sparks Seite.

Er nimmt seine Lederjacke, die er beim Anlegen der Eisenrüstung zur Seite geworfen hat, und bindet sie Zora mit den Ärmeln um den Hals. So ist sie wenigstens ein bisschen geschützt.

Alle warten gespannt auf den Beginn der Schlacht. Die drohende Gefahr hat sie noch stärker zusammengeschweißt. Eine Niederlage kommt nicht in Frage. Die Plünderer werden es nicht schaffen, sie zu besiegen.

***

Die Dorfbewohner sind ganz still. Mit angehaltenem Atem warten sie darauf, dass der erste Pfeil den Kampf eröffnet. Und er lässt auch nicht lange auf sich warten. Sobald die heranstürmenden Plünderer nah genug sind, geht der erste Pfeilhagel los. Die friedliche Lichtung verwandelt sich in wenigen Minuten in ein Schlachtfeld.

Die sechs Golems laufen den Angreifern entgegen. Von der Dorfmauer aus fliegen Pfeile auf die Angreifer zu und treffen sogar häufiger, als Spark erwartet hätte. Er zählt neun Plünderer, einer von ihnen trägt wieder dieses dämliche Banner auf dem Kopf. Spark bringt sich zuerst mit seiner Armbrust in Position und versucht, den Anführer zu treffen. Durch das Chaos um ihn herum gelingt ihm das nicht auf Anhieb, aber schließlich erwischt er ihn mitten in der Brust, so dass der Bannerträger zu Boden geht. Im Schutz der großen Golems, denen die Pfeile nichts anhaben können, schafft Spark es, noch einen weiteren Plünderer zu erledigen. Seine Kumpane brüllen grimmig, ihre Gesichter mit den buschigen Augenbrauen und den gemeinen grünen Augen sind vor Wut verzerrt.

Zora hält sich hinter einem der Golems, bis sie ihre Chance sieht. Mit voller Wucht rennt sie gegen einen Plünderer. Sie tritt um sich und wiehert, bis ihm die Armbrust aus den Händen fällt. Dann bringt sie ihn mit einem saftigen Tritt ins Gesicht zu Fall. Kopernikus fliegt währenddessen zwischen den Angreifern hin und her und versucht, ihnen die Augen auszukratzen oder die Sicht zu versperren. Das hilft den Dorfbewohnern, denn der einzige Nachteil ist, dass es auf der Lichtung keine Deckung gibt. Keine Bäume, hinter die man sich zurückziehen kann, keine Gebäude, die Schutz bieten. Aber auch die Angreifer können sich nicht verstecken und werden immer wieder von Pfeilen getroffen. Es ist zwar nicht ganz einfach, im Kampf den Pfeilen nicht im Weg zu stehen, die sich von der Mauer aus den Weg zu ihren Zielen bahnen. Aber irgendwie schaffen Spark und die anderen Männer mit Rüstung es überraschend gut, sich hinter die Golems zu ducken, wenn der nächste Pfeilhagel auf die Plünderer regnet.

Während ein Plünderer nach dem anderen fällt, wird das Krachen und Stampfen im Wald immer lauter. Schon kommt eine weitere Gruppe auf die Lichtung gestolpert. Spark erkennt sofort, dass diesmal nicht nur Plünderer auf sie zugelaufen kommen. Sie werden von unheimlichen Kreaturen begleitet, die er aus dem Waldanwesen kennt. Sogar zwei Hexen sind dabei. Spark erinnert sich nur zu gut, wie schnell ihre fiesen Tränke wirken. Diese Erfahrung möchte er lieber nicht noch einmal machen. Er zieht sich hinter Zogrit zurück und schießt weitere Pfeile ab. Zwischendurch vergewissert er sich mit einem schnellen Rundumblick, wie es den übrigen Dorfbewohnern geht. Ihre Kampfstrategie scheint aufzugehen, denn bisher wirkt niemand verletzt. Aber er sieht ihnen an, dass sie nicht mit so vielen Angreifern gerechnet haben. Zum Glück hat er es noch rechtzeitig zurück zum Dorf geschafft. Er will sich gar nicht ausmalen, wie der Angriff ohne ihn und die Unterstützung der anderen Golems abgelaufen wäre. Wahrscheinlich hätten sie keine Chance gehabt. Spark schüttelt die Gedanken ab, zieht sein Schwert und konzentriert sich wieder auf die herannahenden Feinde.

Während die Dorfbewohner hinter der Mauer die Feinde mit Pfeilen in Schach halten, haben die Golems leichtes Spiel. Viele Plünderer kommen nur noch humpelnd voran oder können ihre Waffen nicht mehr nutzen. Die Hexen versuchen zwar, ihre Verbündeten mit irgendwelchen Tränken zu heilen, aber sie kommen nicht schnell genug hinterher, während sie sich auch noch selbst verteidigen müssen. Um ein Haar wäre Spark von einem schädlichen Trank getroffen worden, aber Zora tritt die Flasche aus der Flugbahn. Die Hexe ist so überrascht, dass Spark sie mit dem Schwert erledigen kann. Die zweite Hexe kommt jetzt noch wütender herangestürmt. Er schafft es gerade noch so, einem geworfenen Trank auszuweichen und sie mit dem Schwert zu erwischen, weil Kopernikus ihr im richtigen Moment vor das Gesicht fliegt. Doch Spark bleibt keine Zeit, sich zu bedanken, da das Knacken im Wald erneut lauter wird. Die dritte Angriffswelle! Nicht auszudenken, was passiert wäre, wenn alle Angreifer gleichzeitig das Dorf attackiert hätten.

Immer mehr Feinde strömen auf die Lichtung. Spark ist mittlerweile völlig außer Atem. Seine Arme tun weh, die Rüstung wird immer schwerer und darin über die Lichtung rennen zu müssen, macht es nicht gerade einfacher. Seine Hiebe mit dem Schwert werden langsam schwächer, dennoch überwältigt er einen Feind nach dem anderen. Es grenzt an ein Wunder, dass weder Zora noch Kopernikus bisher von Pfeilen getroffen wurden. Als zwei Axtträger auf ihn zugestürmt kommen, wird die Situation besonders brenzlig. Spark holt gerade mit dem Schwert aus, als er von einem Pfeil getroffen wird. Er spürt die Wucht des Aufpralls, ihm bleibt kurz die Luft weg, aber zum Glück kann der Pfeil das polierte Eisen nicht durchdringen. Dann kommt ihm Zora zu Hilfe, und gemeinsam schaffen sie es, die beiden Axtträger zu besiegen.

Auch die Dorfbewohner auf der Lichtung senken nach und nach erschöpft ihre Waffen, während ihre Gegner am Boden liegen. Sogar die Golems sehen mitgenommen aus. An ihnen klebt feuchtes Gras, einige haben Risse. Zum Glück wurde niemand ernsthaft verletzt.

Die Hoffnung, alles gut überstanden zu haben, liest Spark auch in den Gesichtern der anderen Dorfbewohner. Doch als er wieder zum Waldrand schaut, fällt nicht nur ihm die Hoffnung wie ein nasser Waschlappen aus dem Gesicht.

Was zur Hölle ist das für ein Monster? Ungläubige Rufe und Schreie ertönen, und Spark fragt sich, ob das gerade wirklich passiert oder nur eine Halluzination ist.

Die Kreatur sieht aus wie eine riesige graue Kuh. Sie hat große Hörner und kleine fiese Augen. Ein Plünderer mit Banner reitet auf ihr und treibt sie schnell auf das Dorf zu. Dem Plünderer folgen zwei Magier in schwarzen Umhängen.

Plötzlich ertönen hinter der Mauer Schreie. Alarmiert dreht Spark sich um. Kleine weiße Geister fliegen von außen durch die Mauer. Diesen Zauber hat auch der Magier in dem Waldanwesen benutzt. Es ist so gut wie unmöglich, die Geister zu treffen, weil sie so schnell und klein sind. Sie müssen die Magier ausschalten!

Rasch ruft er diese Information den anderen zu, doch sie sind zu weit entfernt, um ihn sofort unterstützen zu können. Wie soll er sich gleichzeitig um die Magier und um das riesige Biest kümmern, das mit zunehmendem Tempo auf das Nordtor zuläuft? Spark überlegt fieberhaft. Vielleicht verliert das Monster sein Ziel aus den Augen, wenn er den Reiter unschädlich macht. Er sammelt seine Kräfte, schnappt sich den Dreizack und wirft ihn mit voller Wucht auf den Reiter. Volltreffer! Der Plünderer landet so ungünstig auf dem Boden, dass das Biest über ihn stolpert und sich mit den Hufen im Banner verheddert. Sofort werfen sich Zogrit und ein paar andere Golems auf das Biest, während Spark sich den Magiern zuwendet. Da sie keine Waffen bei sich tragen und er ihre Zaubertricks schon kennt, läuft er schnurstracks auf sie zu und greift sie mit dem Schwert an. Ein Geist stürzt sich immer wieder auf ihn, und er muss die Zähne zusammenbeißen. Er kann sie nur loswerden, indem er ihre Beschwörer ausschaltet. Schon fällt der erste Magier Sparks Schwerthieben zum Opfer. Der zweite Magier versucht, auf Distanz zu gehen, doch er schafft es nicht weit. Spark sprintet auf ihn zu, holt aus und erledigt ihn mit einem Schlag. Sofort verschwinden die Geister an der Dorfmauer. Hätte er die beiden Magier nicht unschädlich gemacht, wäre es für die Dorfbewohner viel schlimmer gekommen.

Das Biest leistet noch Widerstand, aber nun unterstützen die Dorfbewohner hinter der Mauer die Golems wieder mit ihren Pfeilen. Auch die tapferen Männer mit den Schwertern sind inzwischen herbeigeeilt. Spark kann sie in dem Chaos nicht gut sehen, aber er kann Titus, Dorus und Arnold erkennen.

Spark hat jegliches Zeitgefühl verloren. Es kommt ihm vor, als würde er sich selbst durch ein körperloses Auge aus der Luft betrachten, während die nächsten Gegner aus dem Wald stürzen. Tapfer stellt er sich ihnen entgegen, geht hinter den Golems in Deckung, wenn es nötig ist, und schaltet einen Feind nach dem anderen aus. Zora und Kopernikus hat er aus den Augen verloren, doch er hofft inständig, dass sie noch am Leben sind.

Das Gras auf der Lichtung ist mittlerweile so matschig und niedergetrampelt, dass er aufpassen muss, nicht auszurutschen. Wie viele Kreaturen lauern noch im Wald?, fragt er sich, denn das Knacken zwischen den Bäumen hört einfach nicht auf. Als zwei weitere riesige Biester mit einer Horde Plünderer, Hexen, Magier und Axtträgern im Schlepptau auf die Lichtung gerannt kommen, verlässt ihn fast die Hoffnung. Sie haben es kaum geschafft, ein Biest aufzuhalten, jetzt hetzen gleich zwei auf das Dorf zu. Und diesmal reiten Magier auf ihnen.

Spark weiß nicht mehr, wo er anfangen soll. Für einen Moment wünscht er sich, er könnte die Zeit anhalten. Die nächsten Schritte in Ruhe überlegen und dann weitermachen. Wenn es doch nur so einfach wäre.

Hinter der Mauer sieht er nur ein paar blasse und ausdruckslose Gesichter. Haben die Dorfbewohner innerlich schon aufgegeben? Spark kann gut verstehen, dass sich die meisten beim Anblick dieser Übermacht geschlagen geben.

»Wir werden nicht verlieren! Wir werden uns nicht unser Zuhause wegnehmen lassen! Zusammen werden wir sie besiegen!«, ruft Spark ihnen zu und hält seine Waffen in die Höhe.

Zuerst erntet er nur ungläubige Blicke, aber dann stimmen die Golems auf dem Schlachtfeld mit ein. Immer mehr und mehr Rufe werden laut, die Dorfbewohner heben ihre Waffen und machen sich gegenseitig Mut. Mit einem ohrenbetäubenden Brüllen stürzen sie sich erneut in die Schlacht.

Die Golems rennen voran, gefolgt von Spark, der einen kurzen Freudenschrei ausstößt, als Zora zu ihm aufschließt und Kopernikus über seinem Kopf auftaucht. Auch die Männer in den Kettenhemden trauen sich nun wieder weiter auf die Lichtung hinaus.

Wie auf Kommando widmen sich die Golems den Biestern, während sich Spark die beiden Magier auf deren Rücken vornehmen will. Doch das ist leichter gesagt als getan.

»Zogrit! Ich brauche Deckung, um an die Magier heranzukommen!«, ruft er.

Sofort schirmt ihn der Golem gegen die vielen Pfeile und herumschwirrenden Geister ab. Die anderen fünf Golems sind immer noch in der Überzahl gegen die beiden Biester, die jedoch stark sind und immer weiter zum Dorf vordringen. Mit Unterstützung der nachrückenden Plünderer ist es nur eine Frage der Zeit, bis sie am Tor sind. Spark muss die Magier so schnell wie möglich erledigen, damit er helfen kann, die Biester aufzuhalten. Doch vor ihm liegt ein regelrechter Hindernislauf. Er hat nicht mal Zeit zu überlegen, in welche Richtung er ausweichen soll. Von überall fliegen Pfeile auf ihn zu, er duckt sich unter Tränken hinweg, die aus dem Nichts auf ihn geworfen werden, und muss immer wieder Schläge von Geistern einstecken. Sein ganzer Körper fühlt sich mittlerweile an wie eine große wunde Blase, die kurz vor dem Platzen steht. Mit Zogrit und Zora schafft er es jedoch, sich bis zu den Magiern vorzukämpfen. Er schießt auf sie, während Zogrit ihm, so gut es geht, Deckung gibt und Zora in alle Richtungen austritt, um ihn zu beschützen. Tapfer hält sie ihm den Rücken frei, bis sie einen Pfeil abbekommt. Zum Glück wird er von der Lederjacke abgefangen, die Spark ihr um den Hals gelegt hat, so dass die Wunde kaum blutet.

Leider fällt es Spark schwer, die Magier zu treffen, weil sich die Biester, auf denen sie reiten, so wild und unvorhersehbar bewegen.

»Ich muss noch näher ran«, ruft er Zogrit zu.

Der Golem schiebt sich weiter vor. Nur noch wenige Schritte, dann droht er von einem der Biester überrannt zu werden. Spark zielt aus seiner Deckung heraus. Der Pfeil trifft sein Ziel, und der Magier geht zu Boden. Irritiert stolpert sein riesiges Reittier zur Seite und kracht dabei in die zweite Bestie. Der Magier kann sich nicht im Sattel halten, stürzt ebenfalls und bleibt reglos auf der Lichtung liegen.

Plötzlich hört Spark Zora laut wiehern. Sie hat einen Trank abgefangen und tritt nun wütend nach der Hexe. Nur um Haaresbreite weicht Spark einem weiteren Trank aus, schnappt sich sein Schwert und geht auf die Hexe los. Mit zwei Hieben hat er sie besiegt. Zora scheint zum Glück nichts abbekommen zu haben. Spark erinnert sich noch gut daran, wie schlecht ihm geworden ist, nachdem er vor der Sumpfhütte von diesem Trank getroffen wurde.

Er tätschelt Zora den Hals, dann wendet er sich den nächsten Gegnern zu. Die Golems können die nun ziellosen Biester zwar von der Dorfmauer fernhalten, dafür stürmen weitere Plünderer und Axtträger darauf zu. Viele von ihnen sind voller Pfeile, die aus Schultern, Armen und Beinen ragen. Titus, Dorus, Arnold sowie Olaf und Karl formieren sich zu kleinen Gruppen und stellen sich ihnen mit ihren einfachen Schwertern entgegen. Spark und Zora bringen zwei Axtträger zu Boden, die von Kopernikus gut in Schach gehalten wurden. Die Biester wehren sich inzwischen so wild, dass die Golems immer wieder zur Seite geschleudert werden. Spark kommt kaum nah genug heran, weil das eine Biest den Kopf mit den furchteinflößenden Hörnern so wild hin und her reißt, dass er fürchtet, aufgespießt zu werden. Er schießt einen Pfeil nach dem anderen ab, trifft die beiden Biester auch, aber die Pfeile dringen anscheinend nicht tief genug in die dicke Haut. Mittlerweile haben sie es sogar geschafft, die Golems zurückzudrängen und den Weg für die übrigen Plünderer und Axtträger frei zu machen.

Sie dürfen auf keinen Fall das Dorf erreichen, denkt Spark. Doch bevor er sich einen Plan überlegen kann, trifft ihn ein Pfeil im Oberschenkel. Fast im selben Augenblick schlägt ein weiterer in seinem rechten Arm ein. Spark spürt nichts, so überrascht ist er. Doch dann reagiert sein Körper, und sein Bein knickt unter ihm weg. Er kann nichts dagegen tun. Mitten auf dem Schlachtfeld bricht er vor einem der gefährlichen Biester zusammen. Zora wiehert erschrocken, und Kopernikus stößt einen markerschütternden Schrei aus. Eigentlich ist es ein Wunder, dass er in dem ganzen Chaos nicht schon früher getroffen wurde. Sein rechter Arm hängt nutzlos an ihm herab, und mit dem linken kann er sich kaum abstützen. Zora hält erbittert die Plünderer und Axtträger von ihm fern, aber auch sie bekommt einen Pfeil am Bein ab und stürzt.

Nein!, will Spark rufen, doch er bringt kein Wort heraus. Genau in diesem Moment können die Golems endlich eines der Biester überwältigen. Das andere Biest wittert seine Chance und rennt auf Spark zu. In der Ferne sieht er die Dorfbewohner, die wie in Zeitlupe auf ihn zueilen. Sie werden es nicht schaffen. Er kann nicht aufstehen und sich auch nicht rechtzeitig in Sicherheit bringen. Das Biest hat ihn fixiert – und rammt ihm mit voller Wucht ein Horn in die Brust.

Die Zeit steht still.

Alles ist still.

Kein Schmerz.

Keine Emotionen.

Keine Gedanken.

Alles ist unwirklich.

Spark schaut dem Biest in die Augen. Es steckt mit dem Horn fest, dafür kann er seine linke Hand mit dem Schwert noch heben. Die Ironie des Schicksals bringt ihn zum Lächeln. Er hat zwar keine Luft mehr zum Sprechen übrig, aber er lächelt, während er in die kalten Augen des Biestes sieht. Mit einem letzten Ruck hebt er das Schwert und stößt es ihm in den Hals.

Er hat das Biest erledigt, aber zu welchem Preis? Er spürt, wie er schwächer wird. Mehr hätte er ohnehin nicht für das Dorf tun können. Er hat Zogrit gerettet und den Dorfbewohnern Mut gemacht. Seine Mission ist beendet.

Das Biest sackt nach hinten, und das Horn rutscht aus seiner Brust. Spark gleitet erschöpft zu Boden und lässt das Schwert ins Gras fallen. Seine Hand landet zufällig auf dem Totem, das ihm beim Kampf mit dem Biest aus der Tasche gefallen sein muss.

Er ist nicht traurig … vielleicht ein bisschen. Er wird das Dorf und seine Freunde vermissen. Und Kopernikus' Geschnatter. Und Zoras weiches Fell …

***

Er träumt von einer magischen Puppe. Sie bewegt sich plötzlich in seiner Hand. Aber Moment, das ist gar keine Puppe. Es ist ein Totem. Von einer unsichtbaren Magie getragen, schwebt es in sein Blickfeld. Spark liegt einfach nur da und schaut zu. Er weiß nicht, wo er ist, aber das ist auch nicht wichtig. Das Totem fliegt vor sein Gesicht und schaut ihn an, als müsste es ihm etwas Wichtiges sagen. Doch nichts geschieht. Es schwebt nur über ihm und schaut ihn mit seinen funkelnden grünen Smaragdaugen an. Dann zwinkert es und verschwindet.

Spark schlägt die Augen auf. Wo ist er? Das Dorf! Die Schlacht! Aber was ist passiert? Er schaut an sich herab, sieht jedoch keine Wunde. Nur ein großes Loch in der Eisenbrustplatte. Zora starrt auf ihn herunter, Kopernikus sitzt auf ihrem Kopf und mustert ihn mit großen Augen. Auch die Golems schauen ihn erstaunt an.

Dann trifft ihn die Erinnerung wie ein Schlag. Er wurde durchbohrt und wäre beinahe gestorben. Das magische Totem muss ihm das Leben gerettet haben. Er tastet danach, doch es liegt nicht länger auf dem Boden. Es hat ihn gerettet und sich in Luft aufgelöst. Die Pfeilwunden sind ebenfalls nicht mehr vorhanden, bemerkt Spark. Langsam rappelt er sich auf. Zora wippt fröhlich mit dem Kopf und stupst ihn an, während Kopernikus aufgeregt um ihn herumflattert. Es geht ihm besser, er spürt nur noch die Erschöpfung.

»Mir geht es gut!«, sagt er in die Runde und hebt seine Waffen auf. »Lasst uns diese Schlacht endlich zu Ende bringen.«

Nur noch wenige Angreifer befinden sich auf der Lichtung. Die beiden Biester sind besiegt, und ein kurzer Blick zum Waldrand verrät Spark, dass sich keine neuen Feinde nähern. Die restlichen Plünderer und Axtträger auf der Lichtung kämpfen zwar noch verbissen, aber mit Sparks Hilfe sind sie rasch besiegt.

Die anschließende Stille wirkt fast genauso unheimlich wie das Knacken im Wald zu Beginn der Schlacht. Es ist die Hoffnung, dass es endlich vorbei ist, gepaart mit der Angst, es könnte noch eine Horde aus dem Wald stürmen. Aber nichts passiert. Alle lauschen gespannt und bewegen sich kaum. Minutenlang ist nichts zu hören. Ist es tatsächlich vorbei? Oder wollen die Angreifer sie nur in falscher Sicherheit wiegen? Es wäre nicht das erste Mal. Vielleicht versammeln sie sich genau in diesem Moment mit einer noch größeren Armee im Wald? Aber die Zeit verstreicht und nichts geschieht. Alles bleibt still.

Spark und die anderen drehen sich zur Dorfmauer um, hinter der langsam wieder Leben einkehrt. Niemand wollte sich zu früh freuen oder unachtsam werden, dafür ist die Freude jetzt umso größer. Frauen und Kinder kommen jubelnd auf die Lichtung gelaufen und umarmen die Männer, die zum Glück nur einige Schrammen abbekommen haben.

Spark wendet sich Zora zu und untersucht ihr Bein. Es ist keine tiefe Wunde, und sie wird keine Schäden davontragen. Kopernikus flattert auf seine Schulter und knabbert ihm am Ohrläppchen. Er umarmt Zora, und sie legt ihren Hals über seine freie Schulter.

Sie haben es geschafft. Es ist vorbei.

***

Spark läuft noch kurz über das Schlachtfeld, um seinen Dreizack einzusammeln. Dabei fällt ihm auf, dass einige Magier diese seltsamen Totems fallen gelassen haben, genau wie der Magier in dem Waldanwesen. Sie liegen einfach so im Gras und starren mit ihren glitzernden grünen Augen in den wolkenlosen Himmel. Rasch sammelt er alle auf, die er finden kann. Vermutlich haben sie dieselbe Wirkung – ihren Träger vor dem Tod zu bewahren. Vielleicht würden sie sich in Zukunft noch als nützlich erweisen.

Nachdem alle zurück im Dorf sind, verschließen die Dorfbewohner vorsichtshalber auch das Nordtor und das Südtor mit Steinen. So können sich alle erst einmal ausruhen, während die Golems abwechselnd am Westtor Wache halten.

»Was ist vorhin auf der Lichtung mit dir passiert?«, fragt Zogrit mit leiser Stimme.

Spark zuckt mit den Schultern. »Ich weiß es nicht genau. Aber ich bin mir ziemlich sicher, dass es an dem Totem lag, das ich zufällig bei mir hatte. Ich habe es in dem Waldanwesen auf dem Weg zum Plündererturm gefunden. Es ist einem Magier aus dem Mantel gefallen, nachdem ich ihn besiegt hatte. Ich habe es einfach mitgenommen, ohne zu wissen, was es kann. Anscheinend beschützt es den Träger vor dem Tod. Ein Totem der Unsterblichkeit, sozusagen.« Spark schaut Zogrit nachdenklich an und der Golem runzelt die Stirn. Keiner der beiden hatte vorher schon einmal davon gehört.

Die gesamte Dorfgemeinschaft findet sich schließlich vor der Kirche ein. Die Bewohner tauschen sich über das Erlebte aus und versichern sich, dass es allen gutgeht.

Spark steht nur schweigend daneben. Nachdem er fast gestorben wäre, kommt ihm alles plötzlich anders vor, irgendwie schöner. Sogar das Dorf wirkt mit einem Mal einladender und freundlicher, als wäre ihm vorher nie bewusst gewesen, wie glücklich er sich schätzen kann, in dieser angenehmen Gegend zu leben. Und es ist hier nicht nur idyllisch, die Dorfbewohner halten auch zusammen, wenn Gefahr droht.

Die Golems postieren sich am Westtor, nachdem sie sich mit etwas Eisen aus der Schmiede repariert haben. Auch Zinnbod und Ferrus gesellen sich zu ihnen.

Die Dorfbewohner sind so froh über den Sieg, dass sie ihre Erschöpfung ganz vergessen und eine kleine Feier mit anschließendem Feuerwerk veranstalten.

Nur Spark verabschiedet sich schon früher und zieht sich mit Kopernikus in sein Haus zurück. Er hat einfach keine Kraft mehr in sich. Er steigt die Treppe zu seinem Schlafzimmer hinauf, lässt sich rückwärts auf sein Bett fallen und schläft sofort ein.

Heimkehr

Spark erwacht vom Zwitschern der Vögel und der Sonne, die durch das Fenster in sein Gesicht scheint. Ein Blick auf seine Kleidung verrät ihm, dass er nicht nur geträumt hat.

Außerdem tut ihm sein ganzer Körper weh, und er hat an Stellen Muskelkater, die er vorher noch nie wahrgenommen hat. Davon abgesehen geht es Spark überraschend gut. Er hat den halben Tag verschlafen, denn mittlerweile ist es schon fast Mittag.

Er kann immer noch nicht glauben, was er in den letzten Tagen erlebt hat. Der Dreizack lehnt unschuldig am Tisch und glitzert trügerisch im hereinfallenden Sonnenlicht, als wäre er ein einfacher Dekorationsgegenstand.

Spark überlegt, wie viel Unbekanntes es da draußen wohl noch zu entdecken gibt. Er ist aber auch ganz froh, dass kaum jemand etwas von den Pilzkühen weiß. Es ist ihm lieber, wenn sie in Ruhe in ihrem kleinen Paradies leben können. Dafür sollte er in naher Zukunft herausfinden, ob in der Nähe des Dorfes weitere Plündierertürme stehen, von denen eine Gefahr ausgehen könnte. Zumindest weiß er, dass die Dorfbewohner sich im Falle eines Angriffs zu helfen wüssten. Sie haben bewiesen, dass sie kämpfen können, selbst wenn sie nur Pfeile über die Mauer schießen. Das Taigadorf steht ab sofort nicht mehr hilflos da.

Spark hat sich dazu entschieden, Zinnbod und Ferrus auf dem Weg in ihre Heimatdörfer ein Stück in Richtung Norden zu begleiten. Zum einen will er sichergehen, dass sie heil zu Hause ankommen, zum anderen möchte er mit Zora und Kopernikus die Gegend erkunden. Falls noch Plünderer oder andere feindliche Kreaturen in der Nähe lauern, könnte er die Dorfbewohner warnen.

Er zieht die Eisenbrustplatte aus, wozu ihm gestern die Kraft fehlte, und geht zur Truhe am Fußende seines Bettes. Dort bewahrt er seine Ledersachen auf, die ihn vor dem frischen Nordwind schützen sollen.

Kopernikus sitzt am Fenster und sieht ganz schön mitgenommen aus. Ihm fehlen einige Federn, so dass er viele kahle Stellen hat, und er hat sich einen Nagel eingerissen. Abgesehen davon ist ihm zum Glück nichts passiert. Spark hält dem kleinen Papagei seine Hand hin, der zögernd von seinem Platz auf seine Schulter klettert. Spark kann sich vorstellen, wie schön es ist, sich am sonnigen Fenster zu wärmen und vor sich hin zu träumen. Er schließt die Augen und hört das angenehme Rauschen der fernen Fichten, die sich im Wind wiegen, das Knarren des alten Holzbodens, der sich durch die Wärme ausdehnt. Kopernikus zeigt ihm die Schönheit der einfachen Dinge, die man sonst übersieht. Ein Geschenk, das von einem leisen Schnattern und dem Knacken des Schnabels begleitet wird.

***

Mit ein paar geübten Handgriffen packt Spark wenig später seinen Rucksack. Er hat auch eine kleine Pergamentseite für Zinnbod dabei, auf die er die Anweisungen aus dem Buch übertragen hat. Dann wissen die Bewohner seines Dorfes genau, wie sie ihren kranken Kameraden heilen können.

Beim Öffnen der Tür kitzelt ihn ein sanfter, duftender Wind im Gesicht. Es fühlt sich an, als hätten über Nacht alle Blumen beschlossen, mit voller Kraft zu erblühen, um die Ereignisse des Vortages aus dem Gedächtnis zu vertreiben.

Die Dorfmitte ist belebt, alle gehen fröhlich ihren Tätigkeiten nach. Spark fällt auf, dass tatsächlich überall kleine Blumentöpfe mit farbenfrohen Blumen stehen. Die Dorfbewohner müssen sie zur Feier des Sieges aufgestellt haben, während er noch tief und fest geschlafen hat.

Er schlendert entspannt die kleine Straße entlang und winkt im Vorbeigehen.

Als er am Westtor ankommt, sitzen die Golems beisammen und unterhalten sich. Spark gesellt sich zu ihnen, bis es Zeit wird, sich voneinander zu verabschieden. Dann geht er zum Stall, um Zora zu besuchen, die friedlich auf der Weide vor dem Tor mit den anderen Pferden grast und sich von ihren Verletzungen erholt. Er vertröstet sie mit einem Apfel und wählt den kräftigen Rappen für die heutige Reise. Kopernikus scheint davon nicht begeistert zu sein und schmollt mit dem Kopf in den Federn auf Sparks Schulter.

Sie sind den ganzen restlichen Tag unterwegs, bevor sie überhaupt in die Nähe der Heimatdörfer der Golems kommen. Manchmal unterhalten sie sich angeregt, manchmal gehen sie nur schweigend nebeneinander her. Der Fichtenwald riecht nach Harz und wirkt seltsam beruhigend. Auch das Plätschern des nahen Flusses macht Spark schläfrig, obwohl er eigentlich mehr als ausgeschlafen ist. Sie halten sich flussaufwärts und werden durch die Sonne in ihrem Rücken gewärmt. Sie überqueren den Fluss am späten Nachmittag und folgen der sinkenden Sonne Richtung Westen, wo Ferrus' Tundradorf liegt.

Am frühen Abend wird es langsam kühler, und die Bäume stehen nicht mehr so dicht beieinander. Vor ihnen öffnen sich weite Ebenen, die mit einer hauchdünnen Schneeschicht bedeckt sind. Der Boden ist gefroren, und jeder Schritt knirscht angenehm.

Es dauert nicht lange, bis sie in der Ferne die Lichter des Tundradorfs erkennen, auf dessen Dächern ebenfalls eine dünnen Schneeschicht liegt. Spark kann sich kaum vorstellen, in so einer Gegend zu leben. Ihm wäre das viel zu kalt. Auch Kopernikus hat zitternd sein Gefieder aufgeplustert. Aber anscheinend gewöhnt man sich an alles.

»Dann macht's mal gut«, sagt Ferrus, bevor er sich dem letzten Stück Weg zuwendet, das zwischen ihm und seinem Zuhause liegt.

Spark winkt zum Abschied und schaut dem Golem nach, der gemächlich auf sein Dorf zustapft.

Spark und Zinnbod wenden sich nun in Richtung Norden, wo sie bereits hohe Schneeberge in der Ferne erkennen. Die Sonne ist schon untergegangen, als sie eine kleine Brücke überqueren, die über einen halb zugefrorenen Fluss führt. Spark geht mit dem Rappen im Schlepptau und einem schlafenden Federbüschel auf der Schulter neben Zinnbod

über die kahle Ebene, die sich nun vor ihnen erstreckt. Der Wind pfeift ihnen ins Gesicht, was Spark schaudern lässt, Zinnbod jedoch nichts auszumachen scheint. Im sanften Mondlicht sind keine Monster zu sehen. Vielleicht ist es ihnen auch zu kalt, überlegt Spark grinsend.

Als sie das verschneite Dorf beinahe erreicht haben, verabschieden sich Spark und Zinnbod voneinander. Er muss sich nur noch ein kleines Stück nördlich halten, wo man am Fuß der riesigen weißen Berge schon die Dächer seines Dorfes erkennen kann. Spark gibt ihm das Pergament mit der Anleitung für die Heilung des kranken Dorfbewohners und wünscht ihm viel Erfolg.

»Danke, dass du uns gerettet hast. Das werde ich dir nie vergessen. Du bist in meinem Dorf immer herzlich willkommen«, sagt Zinnbod zum Abschied und knufft Spark in die Schulter. Er lächelt ein letztes Mal und wendet sich dann seinem Zuhause zu.

Spark schaut ihm noch eine Weile nach, bis er außer Sichtweite ist. Bald würde er ihn und Ferrus besuchen, das hat er ihnen versprochen. Am meisten ist er auf die Bücher gespannt. Vielleicht gibt es in den Tundradörfern Exemplare, die er noch nie in den Fingern hatte. Außerdem hat er sich vorgenommen, das Rezept für die Heilung der Zombifizierung in den Dörfern zu verteilen, sobald er die Zeit gefunden hat, es mehr als nur einmal abzuschreiben.

Spark schwingt sich auf den Rücken des Pferdes und reitet nach Süden. Weder auf der verschneiten Ebene noch hier am Fuß der Berge hat er andere Plündererürme entdeckt. Keine Fackellichter in der Ferne, keine hohen dunklen Silhouetten. Der einzige bekannte Außenposten der Plünderer befindet sich auf der anderen Seite der Schlucht und ist nun besiegt.

Nach kurzer Zeit wacht Kopernikus auf und schüttelt sein Gefieder aus. Neugierig schaut er zum nahe gelegenen Waldrand, wo nun auch Spark Bewegungen erkennt. Zuerst denkt er, dass er nun doch gegen Monster kämpfen muss. Aber die umherhuschenden Gestalten sind dafür zu klein. Der Schnee reflektiert das wolkenverhangene Mondlicht und erhellt die Nacht. Spark schaut genauer hin und erkennt, dass es sich um Wölfe handelt! Zwei große Tiere, die mit ihren Kleinen durch den Wald streifen. Überrascht hält er sein Pferd an. Er hat noch nie wilde Wölfe gesehen. Auch Kopernikus beobachtet still, wie sie durch das Unterholz am Waldrand toben. Die Wolken geben nun den Mond komplett frei, und Spark bemerkt, dass sich ganz in der Nähe die große Schlucht befindet. Hätten die Wölfe ihn nicht abgelenkt, wäre ihm das nicht aufgefallen.

Fasziniert schaut er weiter den Wölfen zu. In einem Buch hat er einmal gelesen, dass man sie mit Knochen zähmen kann. Vielleicht ergibt sich die Chance, es zu versuchen. Das Rudel läuft nun am Waldrand entlang in Richtung Schlucht. Spark folgt den Tieren mit etwas Abstand, um sie nicht zu stören, denn er muss zuerst einen Knochen finden. Es ist unglaublich spannend, wie die Wölfe miteinander kommunizieren. Die Kleinen sind höchstens ein paar Wochen alt und tapsen ungeschickt durch das Unterholz. Dann verschwinden sie plötzlich. Spark schaut sich irritiert um. Hat er sie verloren? Wie schade, denkt er. Dann erkennt er, dass sie in eine große Höhle gelaufen sind, die in der Gegend häufig vorkommen. Sie öffnet sich unscheinbar zwischen ein paar Bäumen und führt steil unter die Erde. Der Tunnel ist so groß, dass Spark mit dem Rappen hineinreiten kann. Die Wölfe haben ihn so neugierig gemacht, dass er ihnen einfach weiter folgen muss, auch wenn er sich damit vielleicht in Gefahr begibt. Kopernikus verhält sich immer noch still und beäugt angestrengt die Umgebung. Spark holt eine Fackel aus dem Rucksack und zündet sie an. Falls sich in der Höhle Monster aufhalten, wird Kopernikus ihn warnen. Er reitet immer tiefer hinein und hält die Fackel vor sich ausgestreckt. Nach ein paar Metern öffnet sich die Höhle in mehrere Richtungen. Die Wölfe sind längst verschwunden. Spark kann sie aber noch hören und folgt den Geräuschen.

Die Höhle ist fast rund, und es tropft an einigen Stellen von der Decke. Dafür ist es etwas wärmer, weil kein Wind weht.

Schon nach der ersten Biegung erkennt Spark, dass es sich um eine alte Mine handelt. Die Wände sind mit Holz abgestützt, und überall gehen kleine Tunnel ab. Plötzlich klappert Kopernikus mit dem Schnabel. Spark ist sofort alarmiert. Gleich wird ein Skelett um die Ecke kommen. Er schnappt sich die Armbrust und wartet, bis das Monster zu sehen ist. Zielsicher schießt er einen Pfeil ab, und das Skelett bricht zusammen. Sofort ertönt ein aufgeregtes Bellen aus den Tiefen der Höhle. Die Wölfe müssen den Krach gehört haben. Doch Spark lässt sich nicht ablenken. Er steigt vom Pferd und steckt ein paar Knochen in seinen Rucksack. Mit etwas Glück kann er damit einen Wolf anlocken und zähmen, doch dafür muss er das Rudel erst einmal wiederfinden. Also steigt er rasch auf und reitet dem Bellen nach.

Er folgt einem weiteren dunklen Gang, bis kurze Zeit später Mondlicht in die Höhle fällt. Seltsam, denkt Spark. Er kann zuerst nicht erkennen, woher das Mondlicht kommt, da der Gang eine enge Biegung macht. Doch als er dort ist, verschlägt es ihm die Sprache. Die Schlucht! Er befindet sich etwa auf halber Höhe am Abgrund der Schlucht. Über ihm funkelt der sternenklare Nachthimmel, unter ihm befindet sich eine Holzkonstruktion, die wie eine Brücke durch das Innere der Schlucht bis auf die andere Seite führt. Ist das ein geheimer Weg, den die Plünderer benutzt haben?, überlegt Spark. Das muss er unbedingt herausfinden. Die Konstruktion ist breit und stabil, so dass er mit dem Rappen sicher auf die andere Seite gelangt, wo der Gang steil nach oben weiterführt. Schon nach wenigen Schritten fällt erneut Licht in den Tunnel. Dort muss der Ausgang sein. Spark reitet an kleinen leeren Loren vorbei, bis ihn die frische Nachtluft empfängt – sowie ein außergewöhnlicher Anblick, der ihn die Wölfe sofort vergessen lässt. Ein Stück in Richtung Osten erhebt sich der verlassene Turm der Plünderer auf der kahlen Ebene. Kopernikus flattert neugierig voran und krächzt verwirrt. Da sie sich dem Turm nun aus einer anderen Richtung nähern als bei der Rettungsmission, sehen sie etwas, was ihnen vorher verborgen geblieben war.

Nicht weit entfernt besteht der sonst verschneite Boden aus blutroten Steinen. Darauf steht eine zerstörte Ruine, die mit einer dünnen Schneeschicht bedeckt ist. Spark reitet hinter Kopernikus auf das seltsame Konstrukt zu. Es sieht aus wie ein zerstörter Steinbogen, der etwas erhöht auf Stufen steht. Der dunkle harte Stein im Inneren ist an einigen Stellen zerbrochen. Spark steigt ab und bückt sich, um alles genauer unter die Lupe zu nehmen. Im hellen Mondlicht erkennt er Obsidian, ein besonders stabiles und schweres Gestein. Er weiß nur nicht, was es mit den roten Steinen auf dem Boden auf sich hat. Beim näheren Betrachten entdeckt er Fußabdrücke und aufgewühlte, gefrorene Erde. Die Spur führt in Richtung Turm. Außerdem erkennt er parallele Abdrücke von Lorenrädern, die zur Höhle führen. Vor kurzem wurde hier anscheinend noch gearbeitet.

Spark überlegt. Offenbar haben die Plünderer versucht, den Steinbogen zu reparieren. Aber aus welchem Grund? Wieso hätten sich die Plünderer für diese Ruine interessieren sollen? Dieser Ort muss etwas Besonderes sein. Und weil Obsidian so schwer ist, haben sie die Golems verschleppt. Sie sollten das Gestein aus der Mine holen. Das passt alles zusammen! Spark ist plötzlich so aufgeregt, dass er anfängt zu schwitzen, obwohl er sich mitten im Schnee befindet. Kopernikus kommt zu ihm geflattert und schaut ihn fragend an.

»Kopernikus, wir haben soeben das Geheimnis der Plünderer gelüftet! Sie wollten diesen Steinbogen neu aufbauen. Zum Glück haben wir sie aufgehalten, denn wer weiß, was sonst passiert wäre.«

Kopernikus stimmt mit einem Nicken zu, dann flattert er ein Stück in Richtung Schlucht und krächzt auffordernd.

»Du hast recht. Wir sollten uns wieder auf den Weg machen, bevor wir noch Monstergesellschaft bekommen. Aber wir kehren auf jeden Fall zurück. Und dann zähme ich einen Wolf.«

Epilog

Die Panik der vergangenen Tage hat sich gelegt, und im Dorf geht alles wieder seinen geregelten Gang. Spark hat sich gut erholt, und seit es Zora wieder bessergeht, erkundet er mit ihr systematisch die Umgebung des Dorfes. Er fragt sich, ob es noch mehr geheimnisvolle Ruinen oder Orte gibt, die Hinweise auf die Plünderer und ihren Plan geben können. Es macht ihm unheimlich viel Spaß, Zeit mit Zora und Kopernikus zu verbringen und jeden Tag etwas Neues zu sehen. Vor seiner großen Reise war er nie so viel unterwegs gewesen, aber mittlerweile kann er sich kaum noch vorstellen, nicht auf Entdeckungstour zu gehen.

Nach einem Tipp von Bäuerin Tilda hofft er heute auf eine besonders süße Begegnung. In der Nähe des Flachebenendorfs im Südosten soll es Blumenwiesen geben, wo er mit etwas Glück wilde Bienen finden kann. Wenn man sie mit Rauch beruhigt, kann man frischen Honig aus ihren Nestern zapfen. Im Taigadorf und der näheren Umgebung gibt es keine Bienen, dafür ist es zu kalt. Umso mehr freut sich Spark auf diesen Ausflug.

Es ist ein sonniger Tag, und kurz nach der Überquerung des Flusses erreichen sie die Flachebene. Spark genießt es, durch die angenehm warme Sommerluft zu reiten, während ihn nur die Geräusche der Natur umgeben. In den weiten grasigen Ebenen fühlt er sich besonders wohl. Zora liebt es, dort im Galopp ihrer Energie freien Lauf zu lassen.

Er reitet mit ihr in eine Gegend mit besonders vielen Sonnenblumen und vereinzelten Eichenbäumen. Spark gönnt Zora eine kleine Pause, steigt ab und setzt sich in das Sonnenblumenfeld. Kopernikus flattert auf eine Sonnenblume, hat aber Schwierigkeiten, sich an ihr festzuhalten. Die Sonnenblume biegt sich bedrohlich unter seinem Gewicht, bis er sich damit abfindet, dass er zu schwer ist, um gemütlich darauf zu sitzen. Leise schimpfend landet er auf Sparks Schulter und pickt frustriert auf Sparks Kleidung ein. Spark muss unwillkürlich grinsen.

Es dauert nicht lange, bis auch das Summen und Brummen der Bienen zu hören ist, die von Blüte zu Blüte fliegen und den süßen Nektar sammeln. In der Nähe entdeckt Spark nun auch an einem Eichenbaum ein Bienennest, vor dessen Eingang reges Treiben herrscht.

Damit die Bienen sich nicht angegriffen fühlen, geht Spark ganz langsam zu Zora, die trockenes Holz für ein kleines Lagerfeuer am Sattel trägt. Zora ist sichtlich erleichtert, als er die Scheite löst. Er stapelt das Holz unter dem Bienennest auf und zündet es mit seinem Feuerzeug an. Rauch steigt auf, und die Bienen werden sofort ruhiger. Spark nimmt sich eine Glasflasche und füllt sie mit frischem Honig. Die Bienen beachten ihn gar nicht, weil der Rauch sie viel zu sehr ablenkt.

Nachdem er kurz genascht hat, steckt er die Flasche in seinen Rucksack. Diesen Honig wird er eine Weile genießen können. Er löscht das Lagerfeuer, damit die Bienen wieder ihrer gewohnten Arbeit nachgehen können, und überlegt, ob er zurückreiten oder sich noch ein wenig umsehen sollte.

Das Flachebenendorf ist noch relativ weit entfernt, dafür sieht er ein Stück voraus einen hohen Berg mit einer kahlen Spitze, der sich deutlich von der bunten Graslandschaft abhebt. Von dort aus hat man bestimmt eine tolle Aussicht über die Ebene, denkt Spark. Schon ist sein Entschluss gefasst.

Der Berg ist zum Glück nicht allzu steil, so dass der Aufstieg besser klappt, als Spark erwartet hätte. Auf halber Höhe steht er plötzlich einem kleinen Höhleneingang gegenüber. Spark hört im Inneren etwas rauschen und sieht eine seltsame Reflexion an den Höhlenwänden. Neugierig steigt er von Zora ab und nähert sich der Öffnung. Als sich seine Augen etwas an die Dunkelheit gewöhnt haben, sieht er wieder diesen seltsamen Schimmer. Er wird nicht von einem Feuer oder einer normalen Fackel verursacht, sondern stammt von irgendeiner lilafarbenen Lichtquelle. Spark betritt die Höhle und folgt dem Gang bis zu einer Biegung. Kopernikus bleibt still auf seiner Schulter sitzen und wirkt nicht beunruhigt, also schaut Spark vorsichtig um die Ecke – und hält den Atem an.

In der Höhlenwand klafft ein riesiges Loch, durch das er sowohl nach oben als auch nach unten schauen kann. Wie durch ein Astloch sieht Spark den blauen Himmel, der im starken Kontrast zu der orange leuchtenden Lava steht, die in den Tiefen des Berges blubbert. Anscheinend hat er einen Vulkan betreten.

Viel seltsamer ist jedoch der leuchtende Steinrahmen.

Die Konstruktion sieht aus wie eine Art Portal. Wie lilafarbenes Wasser schimmert es zwischen zwei unsichtbaren Glasscheiben, die in dem Rahmen aus dunklem, ebenfalls lila schimmerndem Stein eingefasst sind. Das Ganze erinnert ihn an die Ruine, die er in der Nähe der Schlucht gefunden hat.

Kopernikus zuckt auf seiner Schulter zusammen, ehe Spark verarbeiten kann, was seine Augen im nächsten Moment sehen.

In dem Portal erscheint eine Kreatur, die er nur mit dem Wort Schweinemensch beschreiben könnte.

Langsam tritt sie aus dem Portal heraus.

Ihre kalten Augen finden Spark.